VENTO FORTE, DE SUL E NORTE

VENTO FORTE, DE SUL E NORTE

MANUEL
FILHO

ilustrações de PAOLA SALIBY

Direção executiva: MARIA LÚCIA KERR CAVALCANTE QUEIROZ

Direção editorial: CIBELE MENDES CURTO SANTOS
Gerência editorial: FELIPE RAMOS POLETTI
Supervisão de arte e editoração: ADELAIDE CAROLINA CERUTTI
Supervisão de controle de processos editoriais: MARTA DIAS PORTERO
Supervisão de direitos autorais: MARILISA BERTOLONE MENDES
Supervisão de revisão: DORA HELENA FERES

Coordenação editorial: GILSANDRO VIEIRA SALES
Assistência editorial: PAULO FUZINELLI
Auxílio editorial: ALINE SÁ MARTINS
Coordenação de arte: MARIA APARECIDA ALVES
Produção de arte: OBÁ EDITORIAL
Edição: MAYARA MENEZES DO MOINHO
Projeto gráfico: CAROL OHASHI
Editoração eletrônica: RICARDO PASCHOALATO
Coordenação de revisão: OTACILIO PALARETI
Revisão: EQUIPE EBSA
Coordenação de produção CPE: LEILA P. JUNGSTEDT
Controle de processos editoriais: EQUIPE CPE

Dados Internacionais de Catalogação na Publicação (CIP)
(Câmara Brasileira do Livro, SP, Brasil)

Manuel Filho
Vento forte, de sul e norte / Manuel Filho; ilustrações de Paola Saliby. – São Paulo: Editora do Brasil, 2015. – (Série todaprosa)
ISBN 978-85-10-05995-4
1. Literatura juvenil I. Saliby, Paola.
II. Título. III. Série.

15-05857 CDD-028.5

Índice para catálogo sistemático:
1. Literatura juvenil 028.5

1ª edição / 1ª impressão, 2015
Impresso na Intergraf Indústria Gráfica Eireli

Rua Conselheiro Nébias, 887 – São Paulo/SP – CEP 01203-001
Fone (11) 3226-0211 – Fax (11) 3222-5583
www.editoradobrasil.com.br

PARA MEU AMIGO
EDUARDO BRIGOLINI.

SUMÁRIO

LUÍSA

Uma fina parede de vidro separa os dois elevadores do meu prédio, o "social" e o de "serviço". O primeiro é todo espelhado, com suaves luzes no teto que provocam pouco reflexo. O carpete impecável, limpo. Um suave perfume frequentemente permanece no interior, remanescente dos "bem-nascidos" moradores do local.

Já o de "serviço" é bem simples. Serve para o transporte de compras do supermercado ou para a subida e descida de empregados que, intuitivamente, não pretendem encontrar o patrão no "elevador elegante".

Eu moro no oitavo andar e não estou nem aí para essas convenções.

"Tanto faz, o importante é chegar".

Assim, ao me aproximar do saguão, sempre tenho uma visão imediata do visor que indica em que andar o "social" está. Naquele dia, cheguei com fome e cansada da escola. O "social" estava no 27º, então, fiz o de sempre. Abri a "portinha da segregação", como um de meus pais diz, e o outro elevador se aproximava, vindo da garagem. Não tive dúvidas; decidi tomá-lo. Apertei o botão e esperei.

Dentro dele, uma senhora bem vestida, excessivamente perfumada, me olhou de cima a baixo.

– Bom dia – falei ao entrar.

Silêncio total. A mulher, então, sorriu e perguntou:

– Sua mãe trabalha aqui?

Eu até estava um pouco distraída, mas qualquer pergunta que envolvesse a palavra "mãe" nunca me era indiferente. Em poucos segundos, compreendi o que estava acontecendo. Olhei para a mulher e devolvi uma questão:

– Por quê?

Feliz com o interesse, ela respondeu:

– Acabei de me mudar para cá e estou precisando de uma empregada nova, quem sabe se sua mãe não poderia me indicar uma, não é?

O "não é?" me soou bastante conclusivo, como se toda aquela situação tivesse apenas uma única resposta.

Não para mim. Depois de já ter vivido alguns momentos parecidos como aquele, de preconceito velado, em que as pessoas tentam fingir que eu não sou negra, como se isso as tornasse simpáticas, eu já havia desenvolvido uma série de respostas para cada um daqueles "climas".

Lembrei-me das conversas com meus pais, que sempre pediam para que eu mantivesse a educação, mas, infelizmente, não tive dúvidas, abri um imenso sorriso e perguntei:

– A senhora acha que, porque eu sou negra e estou aqui, no elevador "de serviço", a minha mãe trabalha como doméstica em algum apartamento deste prédio chique, não é?

A mulher pareceu desarmada, simplesmente permaneceu me encarando e eu prossegui.

– Olha, como eu não tenho mãe, não posso responder a essa pergunta. Mas tenho dois pais e a gente mora aqui, no oitavo andar.

Exatamente nesse momento o elevador parou. Abri a porta e completei meu raciocínio:

– Um deles é programador e, o outro, médico. Empregada, eu não tenho como indicar, mas se a senhora precisar de um *software* ou se quiser marcar alguma consulta, posso tentar te ajudar. Não é?

Ela ficou em silêncio, sem qualquer sorriso no rosto.

Eu disse tchau e deixei que o elevador partisse. Observei os olhos espantados da mulher sumirem lentamente escuridão a cima.

Peguei minha chave, abri a porta do apartamento ainda cansada, com fome e, agora, com um pouquinho mais de sede. Tive a impressão de sentir uma leve corrente de ar, mas fiquei sem saber se aquele vento seria forte ou fraco.

1 SURPRESA!

– Silêncio, rápido, o Valmir está chegando!

Todas as pessoas começaram a correr e a se esconder enquanto riam muito. Conseguiram ficar em silêncio por apenas alguns momentos, o suficiente para aguardar a abertura da porta e:

– Surpresa!!!

De repente, diante do recém chegado, cerca de uma dezena de amigos gritavam "FELIZ ANIVERSÁRIO! PARABÉNS!". Ele rapidamente foi abraçado pelo companheiro Otávio.

– Meu querido! – disse Otávio. – Desejo muitos e muitos anos de vida! – em seguida beijaram-se, mas foram rapidamente separados, pois havia uma fila de gente a fim de cumprimentar o aniversariante.

Furando a fila, sem nenhum pudor, Luísa deu um beijo no homem e falou:

– Papai, um beijo da pessoa que você mais ama no mundo!

– Isso mesmo, minha filha – respondeu Valmir, abraçando a jovem.

– E eu, não ganho um também? – reclamou Otávio.

– Pai ciumento é um problema – sorriu a garota.

– Quem manda ter dois? E bonitos, ainda por cima – riu Jaqueline, uma antiga colega de Otávio, da fase do colégio.

Findo o ritual da surpresa, todos se espalharam pelo apartamento e a música começou a tocar. Espalhar é apenas um modo de dizer, pois aquele velho grupo de amigos era bastante unido, como se o tempo os tivesse colocado diante de gigantescas adversidades de forma que, no momento correto, apenas os verdadeiros permanecessem juntos.

Em um canto, segurando um copo de refrigerante, Luísa conversava com sua melhor amiga, Nara.

– A sua família é tão legal... – disse Nara. – A minha é bastante sem graça. Sabe quando uma festa assim ia acontecer lá em casa? Nunca!

– Um monte de gente não aceita minha família, você sabe disso.

Ao desgostar de uma coisa, Nara entortava a cabeça e virava os olhos para cima, fazendo uma cara de terror. Aquilo já tinha se tornado um código entre as duas. A careta era um sinal de que Luísa teria dito uma grande bobagem e Nara nem iria comentar.

– Tudo aqui é bonito! Vou mesmo ser arquiteta, adoro reparar nos objetos. Adoro decoração, formatos diferentes...

– Meu pai Otávio é o responsável pela decoração, sorte nossa! Se fosse o Valmir, seria um desastre. Ele só gosta de futebol! Por ele, a casa teria somente uma cor.

– Medo! – riu Nara.

Otávio, o pai programador, realmente gostava de cuidar das coisas do lar, até esboçava propostas de decoração no computador antes de colocar tudo abaixo de fato. Valmir, o médico, curtia esportes e era um pouco mais descuidado. Um completava o outro perfeitamente.

Embora estivesse se divertindo na festa do pai, Luísa estava ansiosa. Havia algum tempo, pretendia colocar um plano em prática e, finalmente, tinha surgido uma bela oportunidade.

– Você vai participar do BAZAR DO DESAPEGO? – perguntou à amiga.

– E vou me desapegar do quê? – respondeu Nara. – Na verdade, estou até precisando de um montão de coisas... Novas!

– Exagero seu! – reclamou Luísa enquanto Nara fazia a tal careta. – Vale qualquer coisa, uma ideia, um conhecimento...

– Pois estou sem ideia. Conhecimento, então?

– Isso é falta de imaginação – disse Luísa.

– Ah, tá. E você, vai se desapegar do quê?

– Vou levar umas roupas, pecinhas meio encostadas...

– Mas isso não é desapego – riu Nara. – É se LIVRAR de porcarias. O certo é entregar algo útil, diferente. Guarda suas roupas velhas para outra ocasião. Você não tem nada de que se desapegar, aposto! – desafiou Nara.

– Ah é? Então aparece amanhã na feira...

– Meninas, venham cá! – chamou Otávio. – Valmir vai começar a abrir os presentes.

Valmir precisaria adivinhar quem oferecera cada um dos pacotes. Quando aquela turma se reunia, pareciam crianças, repetiam brincadeiras dos dias em que tinham a idade das meninas, treze anos.

Enquanto Luísa os observava, não conseguiu descobrir ao certo do que desapegaria, mas sabia exatamente com quem desejava fazer aquilo.

2
O "NÃO" TODO MUNDO JÁ TEM

No dia seguinte, quando Luísa chegou à escola para o BAZAR DO DESAPEGO se deparou com um monte de roupas velhas, algumas bicicletas bastante usadas, brinquedos caindo aos pedaços e livros, muitos livros.

"As pessoas realmente não entenderam direito a proposta deste dia", pensou ela.

Então, de repente, Nara saltou na sua frente e disparou:

– O pessoal pensou que hoje fosse o dia do ENTULHO – riu ela. – Aquele dia em que pedem para você colocar tralhas na rua para o lixeiro levar embora. Até agora não vi nada de útil.

– E o que é que você trouxe? – perguntou Luísa. – Você só fica falando.

– Já desapeguei, amiga! Quando o pessoal viu minhas coisas na bancada, correram desesperados para pegar.

Era assim que funcionava. Em uma imensa bancada, cada um colocava anonimamente aquilo de que pretendia se desapegar e, quem achasse que algo lhe fosse ser importante, poderia levar embora. Mas tinha que ter realmente um destino útil, não adiantava pegar mais um negócio para simplesmente guardar em casa. Porém as pessoas, em sua maioria, traziam coisas das quais queriam realmente se livrar e não algo que tivesse sido importante para deixar outra pessoa feliz.

– Afinal, o que eram?

– Uns sapatos LINDOOOOOS! – respondeu Nara.

– Posso imaginar o estado deles – riu Luísa.

Nara fez a sua careta e falou:

– E você? Mostra, quero ver AGORA!

– Conhecimento, vou compartilhar o conhecimento.

– Aqui? Como?

– Tem um monte de jeitos. Você nunca viu os moleques cheios de segredos, de como se joga tal *game* etc? Meu pai Otávio vive tentando descobrir uns truques culinários. Vou fazer isso. Ensinar algumas coisas que eu sei...

– Xiii, estou beeeem fraca de segredos – riu Nara.

– Eu não disse que é um segredo, é conhecimento. O Henrique, por exemplo, tem ido mal em Matemática e vou me oferecer...

– Peraí – interrompeu Nara. – O Henrique, o gatinho do basquete?

– Sim, o Henrique, o atleta da escola.

– Atleta? – divertiu-se a amiga. – Ele apenas é bom no jogo, só isso. Ele nem treina fora daqui... Já entendi tudinho...

– Pois entendeu errado. Matemática é uma coisa muito útil, a gente usa em todo lugar.

– A Valquíria, aquela que adora te provocar, também não sabe nada de Matemática... – provocou Nara. – Ela precisa até mais do que ele.

Luísa não tinha uma boa resposta para aquilo. De fato, ela desejava se aproximar do garoto. Sempre o achou interessante. Ele não era somente aquele cara que ficava jogando bola, sem dar atenção para o mundo ao redor. Ela já o tinha visto na biblioteca, lendo. Flagrara algumas conversas nas quais pôde ver que eles tinham muita coisa em comum, gostavam dos mesmos seriados e de alguns lugares para passear. Ela sentia uma atração diferente, mas, por medo de rejeição, nunca tivera coragem de se aproximar.

Agora, finalmente, havia uma chance. O máximo que ela iria escutar seria "não", e ela já tinha escutado tantos nãos na vida; já estava acostumada.

– Olha lá, olha só quem está chegando – disse Nara. – Mas, sei lá, eu acho que vocês não combinam...

Luísa tinha uma característica que, muitas vezes, a deixava distraída. Quando começava a refletir sobre uma coisa, mergulhava naquele pensamento e ficava alheia ao resto do mundo. Era comum que pensasse muito. E se não fosse Nara para lhe chamar a atenção, ela ficaria em seu canto, tímida, pensando na vida.

Henrique chegara na escola trazendo um saco preto. Ela o observou largar algumas bolas de basquete sobre a bancada e cumprimentar os amigos.

Agora, por mais que demorasse, ela só precisava esperar pelo momento certo. Se tivesse coragem e se ele ficasse sozinho, conversaria com ele.

Quem sabe o que iria acontecer?

OTÁVIO

– Meu filho, você quer mesmo bagunçar nossa família...

Foi isso que minha mãe me disse quando cheguei na casa dela há dez anos com a Luísa, minha filha.

– Só que, desta vez, eu demorei menos para bagunçar, mãe – respondi.

Eu levei vinte e dois anos de minha vida para conseguir ter coragem de contar quem eu realmente era. Foram anos de conflitos, de descobertas. O maior problema era o medo. Eu temia ser posto para fora de casa, perder toda a minha família, ser odiado.

Do ódio eu já era vítima constante. Desde muito cedo os meninos da escola me provocavam, faziam piadas e, algumas vezes, até me batiam. Eu não sabia me defender, pois, no fundo, também achava que havia algo errado comigo. Eu tinha vergonha, uma profunda vergonha, e não contava para ninguém as coisas que aconteciam, não conhecia ninguém como eu.

Lembro que, algumas vezes, quando eu era criança e andava de carro com minha família, meu pai apontava para algumas pessoas na rua e as xingava de vários palavrões que os meus "amigos" viriam a me chamar na escola. Com o tempo, descobri que eram travestis.

Na escola, quando me chamaram de "viadinho" pela primeira vez, levei um susto. Lembrei-me do ódio que meu pai tinha daquelas pessoas e de como se referia a elas. Eu não era daquele jeito, não desejava me vestir de mulher.

Mas eu não conseguia reagir, brigar com os moleques. Eles nunca estavam sozinhos quando me xingavam, somente em dupla ou trio. Também procuravam fazer aquilo apenas quando nenhum adulto estivesse olhando, só outros colegas da escola.

Hoje, compreendo que eles queriam plateia, chamar a atenção e, normalmente, conseguiam. Eu tinha poucos amigos e me fechei na minha gigantesca timidez.

Demorei vários anos para chegar até minha mãe e dizer:

– Mãe, eu sou gay!

Ela me olhou e achou que eu estivesse brincando. Ao perceber que não estava, começou a chorar. Disse que não merecia aquilo, afinal, eu era seu único filho e não podia "bagunçar" a família daquele jeito. Eu não esperava ouvir essa palavra. Que ela chorasse, não aceitasse, eu já estava preparado, mas não imaginava que ela, ao ouvir de mim a declaração sobre quem eu realmente era, pudesse achar que eu pretendia bagunçar a família.

Soava como se eu quisesse provocar, brigar com alguém, trazer problemas. Mas não era nada disso, eu apenas tinha decidido que não iria mais me esconder, viver achando que estava fazendo algo errado.

Não, eu só ia ser feliz. Deixar todo o medo e a vergonha para trás.

Meus pais não me colocaram para fora de casa e, no fim, quem provocou a "bagunça" foram eles. Comecei a receber telefonemas de outros familiares, me dando conselhos, tentando me "ajudar". Nas festas de Natal, as pessoas faziam rodinhas, comentários e, subitamente, ficavam em silêncio quando eu me aproximava.

Até hoje alguns parentes não me aceitam, se afastaram, mas esse foi o desejo deles. Acho muito estranho uma tia que sempre me deu carinho, que me conhecia desde criança, de repente não aceitar mais falar comigo. Eu não mudei em nada, nem minha personalidade nem meu caráter, apenas decidi ter a minha liberdade, sendo quem eu sou e pronto: a mesma pessoa que ela amava.

Hoje, vários anos depois, quando me lembro daquele primeiro dia em que levei Luísa para conhecer a avó, eu a vi, de fato, bagunçando a casa, andando pelos mesmos corredores que eu andei, sentando no chão onde tantas vezes brinquei sozinho.

Eu me reconheci nela inteiramente, minha filha construindo suas memórias e eu tomando parte naquilo tudo.

Que bom que a Luísa estava bagunçando a casa, a família e toda a minha vida.

3 UM DOS TRÊS

Na casa de Luísa, o horário das refeições é sagrado. Principalmente para Otávio, que adora preparar algo diferente, nem que seja uma salada, um tempero. É o único momento no qual toda a família pode se reunir. Aquilo, para Valmir e Otávio, era fundamental, pois podiam conversar, trocar ideias, informações. Não havia assunto tabu. Os pais procuravam evitar o difícil convívio familiar que encontraram em suas famílias enquanto cresciam. Para estimular a convivência, a mesa era redonda e ninguém tinha lugar definido. Cada um podia se sentar onde bem entendesse; a rotina não era incentivada.

Naquele princípio de noite, enquanto jantavam, Valmir iniciou uma conversa que deixou Luísa incomodada. Imaginou que "chegava algum tipo de bronca".

– Hoje aconteceu algo curioso – disse ele.

– O quê? – perguntou Otávio.

– Encontrei uma senhora no elevador, deve ser nova por aqui, eu nunca a tinha visto antes.

Luísa continuou comendo como se não tivesse nada de especial naquela conversa. Valmir prosseguiu:

– A gente se encontrou no térreo e, quando ela me viu apertando o botão do nosso andar, perguntou se eu era o pai de uma garota muito bonita que ela tinha encontrado outro dia.

– Bonita? – brincou Otávio. – Ela é linda! – completou ele arrancando um sorriso de Luísa.

– Você já tinha visto ela antes, filha? – perguntou Valmir.

Mentir não seria uma boa opção, pensou ela. Aquilo já havia acontecido outras vezes. Antes de entrar no assunto, no que realmente pretendia dizer, Valmir ia dando voltas, tentando contextualizar a situação. Fugir do assunto seria a pior coisa que ela poderia fazer, pois os pais ficariam ainda mais curiosos. Às vezes, ela achava essa história de ter que conversar sobre tudo um pouco cansativa. Queria ter privacidade, guardar alguns pensamentos somente para ela.

– Vi sim – respondeu a garota, finalmente.

– E por que não falou? – perguntou Otávio.

– Não achei importante. A gente só se viu rapidinho, no elevador.

– E você tem certeza de que não tem nada para nos dizer? – insistiu Valmir.

Luísa colocou o garfo no prato e perguntou:

– O que foi que ela lhe falou?

– Nada de especial – disse Valmir. – Mas percebi alguma coisa no ar. Se a gente nunca tinha se visto antes, como é que ela sabia que eu tinha uma filha?

– O que aconteceu não foi legal – disse Luísa, voltando a comer.

– Ela lhe fez alguma coisa? – perguntou Otávio.

– Não. Quer dizer... Sei lá! Acho que eu não estava de bom humor naquele dia. O de sempre...

– Foi "um dos três"? – Valmir olhou para ela, tentando entender o que poderia ter acontecido.

– Sim – respondeu ela. – Mas eu já resolvi, juro, nem estou com raiva dela. Ela foi mal-educada com você?

– Não, filha – respondeu Valmir. – Só achei que ela estava usando um perfume muito forte – riu ele.

– E qual "dos três" que foi, filha? – perguntou Otávio, preocupado.

Aquele código "dos três" resumia muita coisa para aquela família. Desde que ele havia sido instituído, as conversas ficavam mais claras e rápidas. Ninguém precisava ficar explicando o que significava cada um dos três itens, pois todos já haviam sido explorados à exaustão.

Luísa estava muito ansiosa, ocupada com outros pensamentos. Não queria iniciar aquela discussão, pois sabia que iria demorar bastante. Ela adorava se sentir protegida pelos pais, porém, já estava chegando em um ponto de sua vida que não queria mais falar sobre tudo.

Então, o interfone tocou. Otávio se levantou e foi atender. Olhou para Luísa, que se mostrava em grande expectativa. Ao desligar, anunciou:

– Seu amigo chegou!

Luísa saiu da mesa correndo e foi para o seu quarto, deixando os pais curiosos e sorridentes. Escovou os dentes, se olhou no espelho, arrumou a roupa, procurou se acalmar, tudo antes de escutar a campainha tocando. Retornou para a sala e viu quando Otávio abriu a porta e... lá estava Henrique.

– Entre – disse o pai. – A Luísa já está vin...

– Estou aqui – disse ela.

Os pais acharam graça na mudança do comportamento da filha. Pressentiram que havia algo de diferente naquela menina que sempre se mostrava tão segura e, às vezes, até um pouco dura. Estava sorridente, aparentando uma leve fragilidade.

– Oi – disse o garoto.

– Oi – disse ela, dando-lhe um beijinho no rosto. – Este é o meu pai Valmir, e este o Otávio.

– Vim estudar Matemática – disse Henrique. – Estou precisando melhorar as notas.

– É ele que vai me ensinar a jogar basquete – disse Luísa.

– Ah, sim – disse Otávio. – Ela nos falou. Foi naquele evento, o dia do...

– Desapego – completou Valmir. – Achei muito legal isso. E quando é que começam as aulas de basquete?

– Já começaram – disse Henrique. – Lá na escola, mesmo, no intervalo, ela tem treinado umas cestas.

– Erro todas – riu Luísa. – Um dia eu acerto. Bom, vamos lá no escritório, eu separei uns exercícios para te mostrar.

E os dois sumiram corredor adentro sob o olhar curioso dos pais, que se entreolharam e constataram, finalmente:

– Acho que vamos ter que começar a prestar mais atenção nessa garota! – disse Otávio.

– Se ela puxou a você – riu Valmir, – vamos mesmo.

4
NORMAL?

Luísa sentia-se meio boba. Era a primeira vez que Henrique ia a sua casa e ela queria causar boa impressão.

– Não exagera, amiga! – foi o conselho que Nara lhe deu quando soube.

– E o que você acha que eu vou fazer? Vou dar aula de Matemática, só isso.

– Se eu te conheço bem – falou Nara, revirando os olhos – você vai fazer de tudo para agradar. Cuidado para não tentar ser outra pessoa.

– Vou ser eu mesma.

– Tá bom, só estou avisando – completou a amiga.

Luísa tentava se lembrar daquele conselho a todo instante, mas realmente agia de maneira diferente do usual. Sorria demais, gesticulava e não estava vestida de forma confortável, mas usando uma roupa típica de passeio em shopping.

Tudo para impressionar Henrique.

Ela não poderia afirmar que estava apaixonada, mas havia algo naquele garoto que mexia com ela. Não era capaz de descrever com precisão o sentimento mas certamente, era bem diferente do que sentia em relação aos seus outros amigos. Compreendia que ele era bastante diferente dela, mas, como já tinha ouvido em canções, lido em livros e escutado de amigas: são misteriosas as coisas do coração.

Não tivera muitas aulas de basquete. Por duas vezes apenas, alguns treinos na quadra da escola. Ele havia levado uma bola e, durante, o intervalo, ela ficou tentando acertar a cesta. Ele nada mais fazia do que pegar a bola e devolvê-la para que ela repetisse a ação.

As aulas de Matemática demandariam maior tempo e silêncio. No colégio, era impossível. Tão logo acabavam as aulas, ambos tinham que retornar para casa. Assim, ao tentarem combinar os horários, descobriram que o melhor jeito era um encontro na casa de um dos dois no começo da noite. Luísa logo ofereceu a sua, pois disse que lá teria alguns livros específicos e não sabia se poderia sair de casa naquele horário. Henrique aceitou e fizeram o combinado.

Portanto, quando Luísa abriu a porta do escritório de seu pai Otávio, tudo já se encontrava arrumado, limpo e todo o material de que iriam precisar já se localizava sobre a mesa.

– Pronto, é aqui – disse ela convidando o garoto para entrar na pequena sala.

Ele observou tudo cuidadosamente. Atrás da mesa havia uma pequena estante cheia de livros. Entre eles, alguns enfeites e bonecos. Ao longo da janela, uma prateleira de vidro cheia de porta-retratos, outros livros, um moderno aparelho de som e uma planta qualquer. Sobre a mesa, um pote de cerâmica com várias canetas, lápis e um suporte no qual se viam clipes e uma borracha nunca usada.

Luísa sentou-se na cadeira de seu pai e Henrique puxou outra para ficar próximo a ela.

– Então, o que é que você não sabe? – perguntou ela.

– Tudo – respondeu ele, rindo.

– Impossível.

– Ah, é? – ele então puxou a última prova de uma pasta e a mostrou para ela.

A prova estava cheia de anotações com caneta vermelha. Luísa constatou que o problema era realmente grave.

– Tá certo – disse ela. – Vamos resolver esta prova juntos e vou te explicando passo a passo, pode ser?

– Pode – riu ele.

Então, neste momento, Valmir entrou no escritório trazendo uma jarra com suco e alguns biscoitos.

– Imaginei que vocês pudessem querer beber alguma coisa mais tarde – disse ele. – Se quiserem algo mais, é só pedir.

– Obrigado – disse Henrique.

Quando Valmir saiu, Luísa percebeu que Henrique o acompanhou com o olhar, como se o avaliasse. Ela teve uma sensação estranha, ruim, mas preferiu ignorar. Estava tão acostumada a viver em estado de defesa que nenhum sinal lhe passava despercebido. Um sorriso torto, um olhar de viés, um gesto de provocação, tudo que pudesse parecer um deboche a incomodava. Resolveu ignorar e prosseguiu com a explicação.

Luísa bem que tentou, mas a aula não fluía. Henrique não gostava de Matemática, não demonstrava qualquer esforço para aprender. Toda hora puxava conversa sobre algum assunto completamente alheio à aula. Falou um pouco da vida dele, de problemas familiares, coisas que, aparentemente, todo mundo tem. Ela também se mostrava mais interessada nas coisas que ele dizia do que em números ou gráficos.

– O que eu mais quero na vida é viajar – disse ele.

– Isso é muito bom! – concordou Luísa.

– Quero conhecer todos esses lugares em que eles estão – disse Henrique apontando para os porta-retratos.

– Meus pais já viajaram muito – confirmou Luísa.

Henrique esticou a mão e pegou um dos porta-retratos. Na maioria das fotos estavam Valmir e Otávio, sempre juntos, em Paris, Nova York, Rio de Janeiro e até diante de uma das pirâmides no Egito. Em algumas delas, Luísa também estava, principalmente nas que tinham festas.

– Você, de princesa, fica muito bonita – riu ele.

– Já falei para eles tirarem essa foto daí, mas não tem jeito – disse ela envergonhada. – Não tenho nada a ver com isso.

– Por quê? – perguntou ele.

– Sei lá – disse ela. – Coisa minha.

Ele devolveu o porta-retrato à prateleira e disse:

– O Egito deve ser incrível. Você não foi com eles?

– Eu era muito pequena. Fiquei com a minha avó. Eu não ia aproveitar nada.

– É, acho que ia ser meio esquisito mesmo – disse o garoto.

Luísa ficou em silêncio por alguns segundos, mas finalmente perguntou:

– Por quê?

Henrique respondeu meio que procurando as palavras, mas sem nenhuma resistência em dizer o que queria.

– Ah, sei lá... Dois homens juntos, viajando com uma criança, meio estranho.

– Como assim, estranho? Se fosse duas mulheres, poderia?

– Talvez, não sei, é que eu nunca vi isso antes...

– Olha, eu já viajei algumas vezes com eles e nunca aconteceu nada de especial – disse Luísa fechando o caderno.

– Foi tranquilo pra você?

– Foi ótimo. Fomos à praia, a primeira vez que eu vi o mar, nunca me esqueci. Eles fizeram questão de me levar, juntos!

– Também gosto muito do mar, mas nem me lembro da primeira vez – disse Henrique, observando o escritório. – Nunca tinha visto seus pais juntos, já tinha escutado falar, mas...

– Escutado o quê? – perguntou Luísa, desta vez, um pouco mais decidida.

– Ah, sei lá, umas coisas, que tinha uma garota que tinha dois pais... Demorei para saber que era você.

– Eu nunca fiz segredo disso.

– Mas quase ninguém sabe – completou ele.

– É que não acho que eu preciso ficar contando a minha vida inteira para todo mundo. Você faz isso, por acaso?

– Não, mas a minha é normal...

– Ué, e a minha não é? – perguntou Luísa, meio zangada. – Você está vendo algum extraterreste aqui?

– Calma – disse ele. – Não quis te ofender.

Luísa se desarmou, talvez estivesse sendo precipitada. Logo lhe veio à cabeça a imagem de Nara, dizendo que achava que eles não combinavam. Talvez o que a amiga desejasse era que ela estivesse preparada para qualquer situação inesperada. Como aquela era a primeira vez que Henrique ia a sua casa, normal que tivesse alguma curiosidade. Todo mundo tinha. Mas ela aprendera que, sempre que tinha essa percepção de que alguma coisa estava errada, deveria permanecer atenta. Henrique prosseguiu conversando:

– Deve ser difícil não ter mãe.

– Eu não sei se eu não tenho mãe.

– Como assim? – perguntou ele.

– É uma longa história – desconversou ela. – Só sei que tenho dois pais.

– Acho que eu não ia me acostumar com isso – riu ele.

– Como é que você pode ter tanta certeza? De repente, não é uma questão de "se acostumar", é assim, e pronto simplesmente.

– Ah, sei lá, tem coisas que...

– Que coisas? – perguntou Luísa.

– Você tá forçando um pouco – disse Henrique.

– Eu não estou forçando nada – respondeu ela. – Parece que você está querendo dizer alguma coisa, mas não tem coragem.

– Tá bom, eu falo – disse ele. – Vendo essas fotos aí, dois homens abraçados o tempo todo, você no meio deles, tão diferente, sem mãe. Não acho normal, parece que está faltando alguma coisa.

– É a minha família e eu não acho que está faltando nada.

– Tá bom, pode até ser normal para você, mas não é pra todo mundo.

– Pois eu não sei o que tem de anormal nisso. Você bem que podia me explicar...

E no momento em que Henrique estava mais perdido, enfrentando uma garota que já se mostrava bastante irritada, seu telefone tocou. Ele atendeu e se levantou.

– É minha mãe – disse ele. – Ela veio me pegar.

– Então tchau, pode ir – falou Luísa, sem disfarçar sua irritação com aquela conversa.

No mesmo momento, Otávio apareceu à porta do escritório, com um olhar preocupado, e perguntou:

– Está tudo bem?

– Sim, o Henrique está indo embora.

– Não vai com ele até a portaria, Luísa?

– Ele conhece o caminho – respondeu ela, incisiva.

O jovem se dirigiu à porta e Otávio deu espaço para que ele saísse. Valmir decidiu acompanhar o garoto. Ficaram, então, Otávio e Luísa, sozinhos. Ele a olhava, preocupado.

– Agorinha vocês me perguntaram por qual "dos três" eu estava irritada, certo?

– Sim, filha, mas...

Agora, sem conseguir conter as lágrimas, falou:

– Desta vez, pai, foram os três, OS TRÊS!!!

LUÍSA

Jamais me liguei muito em princesas... E não foi por falta de tentativa. Meus pais, os amigos e as amigas me enfeitavam, colocavam um vestido rodado, uma coroa na cabeça...

Nas primeiras vezes achei legal, mas depois comecei a achar aquilo um pouco repetitivo. As princesas nunca faziam nada de especial. Estavam eternamente enfeitiçadas, cheias de azar e, normalmente, esperando por um príncipe encantado.

Achei que tinha encontrado o meu... Pensei que fosse escapar dessa, porém acabei me iludindo.

Henrique...

Para piorar, não consigo ficar com raiva dele. A conversa com meus pais foi boa, eles tentaram me acalmar, mas "os três" me perseguem.

Minha família não caiu no meu colo, de mão beijada. Ela foi se formando, aos poucos. Tudo foi conquistado. Quando o pai Valmir entrou em nossa vida, minha primeira reação foi de medo. Quem era ele? Por que sempre conversava com meu pai? Iria tomá-lo de mim?

Eu receava voltar para o orfanato. Eu já amava demais o pai Otávio. Perdê-lo? De jeito nenhum.

Tentei afastar o pai Valmir de todas as maneiras possíveis. Bati nele, chorei, resmunguei, esperneei. Demorei até entender que toda a paciência e compreensão oferecidas eram a sua maior prova de amor. Coitado, sofreu muito na minha mão. Hoje a gente ri disso de vez em quando.

Ao sairmos, meus pais nunca demonstravam qualquer tipo de afeto em público, eu achava esquisito. Era bem diferente da situação dentro de nossa casa, quando eles cozinhavam juntos, brincavam, se abraçavam e se beijavam. Estranhava o comportamento deles no shopping, por exemplo. Pareciam meros conhecidos, amigos distantes, nem se tocavam.

Tudo na minha vida tem sido difícil, demorado. Às vezes perco a calma com quem não consegue compreender rapidamente algo óbvio – para mim, pelo menos. Esqueço que as pessoas, cada uma delas, precisam de um tempo diferente.

Poderia ser tolerante com Henrique, porém, ao me recordar do olhar dele sobre os meus pais, me lembro de momentos infelizes. Foram esses que geraram a conversa "dos três".

Na rua... Um dia... Ah, adoraria apagar essa imagem, mas ela vem, sozinha: eu e meu pai Valmir no mercado. Eu era pequena, pedi um chocolate, um doce... Ele se abaixou para pegar e, de repente, escutou algo semelhante ao nome dele.

– Valmirixa, você por aqui!

Ele se levantou e viu o jovem diante dele. Sua expressão se modificou, ele ficou tenso.

– Virou babá, Valmirixa?

– Vamos embora, filha! – disse meu pai.

– Filha? – caçoou o cara, agora acompanhado de um amigo, nos cercando no corredor do mercado. Senti medo. – E desde quando viado tem filha? Ainda mais dessa cor.

– Você não cresce, cara? – falou meu pai.

– Olha só – riu o sujeito. – O Valmirixa está virando homem.

Saímos do lugar, meu pai permaneceu em silêncio. Hoje, compreendo melhor aquele dia. Eles simplesmente tentaram humilhar meu pai, de graça, não sei o que esse tipo ganha com isso. Sei lá, imagina só, segurar alguém e falar, do nada: "Oi, você continua feia!" Dá para imaginar situação mais patética? No futuro, aquilo iria se repetir algumas vezes, infelizmente. Nunca me esqueci do olhar daqueles caras, das risadas, do ódio transparente.

O mesmo de Henrique e, pior, dentro da minha casa.

Foi uma situação muito difícil. Demorou bastante para conversarmos sobre o assunto. Pai Otávio ficou sabendo de tudo, me afirmou que, por ele, iriam à polícia, entretanto, pai Valmir não quis. Aqueles sujeitos o perseguiam desde os tempos do colégio, totais idiotas, afirmou ele. Achou que nunca fosse revê-los, até aquele dia.

– Racismo e homofobia, Valmir. Tudo de uma vez! – reclamava pai Otávio, muito zangado. – E você deixou passar, sem reclamar, nada?

— Só pretendia proteger a Luísa daquilo... De tudo aquilo...

— Pior é ficar calado, isso sim... — completou pai Otávio.

— Filha — falou meu pai Valmir —, na vida, teremos algumas batalhas, teremos que fazer coisas que, às vezes, não desejamos. Alguns vão gostar da gente, outros, de jeito nenhum. Essas pessoas sempre vão encontrar alguma razão, nada vai estar bom, nunca. Ou porque você é nossa filha adotada, ou porque é negra, ou porque nós vivemos juntos, eu e seu pai Otávio.

Então, em alguns momentos da vida, precisarei lidar com três situações de preconceito: o fato de ser negra, adotada e de ter pais gays. Aquela era a minha família, não um conto de fadas. Jamais sonhei em ser uma princesa, frágil, donzela, amedrontada num canto e esperando pelo príncipe.

Assim como meus pais, eu seria dona do meu próprio nariz. Ninguém iria determinar os meus limites. Meus pais me amavam e isso me bastava, dava forças.

Achei que nunca encontraria uma história para mim, com a qual me identificasse. Porém, certo dia, num pequeno livro de contos, um bem curtinho, me tocou profundamente: "O Carvalho e o Junco".

É a história de uma árvore forte, poderosa, o Carvalho. Ele sempre ria do Junco, por considerá-lo muito frágil, indefeso, sem nenhuma função. No entanto, certo dia um tremendo vendaval, vindo de todos os lados e seguido de uma tempestade, se abateu sobre os dois. A poderosa árvore acabou sendo destruída por um raio, morta, fulminada. Já o Junco, flexível, leve, conseguia se curvar ao vento, incapaz de atrair um único raio.

Eu me sinto como o Junco. Às vezes um vento forte vem de todos os lados, do Sul, do Norte, e tenta me derrubar, como uma tempestade. Se reagir, resistir, ele me abate como o Carvalho, me deixa triste. Mas, se tal e qual o Junco, eu me curvar, ignorar, com elegância e sabedoria, me levanto tão logo passe o vendaval e prossigo a vida, crescendo.

Quando eu contei tudo isso aos meus pais, eles riram e o pai Otávio falou:

– Prefiro ser prático! Sigo outro ditado: "os cães ladram, a caravana passa". Não estou nem aí para esse povo preconceituoso.

O problema é que, durante a aula de Matemática com o Henrique, fiz dois papéis com os quais não estou acostumada: a princesa e o Carvalho. Minha fragilidade e minha impaciência, misturadas... O resultado disso sempre é o pior possível.

Preciso encontrar forças a fim de ser cada vez mais Junco e menos Carvalho...

Mas, às vezes, é tão difícil...

5
A VERDADEIRA FACE

– Luísa, calma! Estou te pedindo – falou Nara.

– Eu estou tentando, mas o meu limite... Daqui a pouco eu...

E ela, finalmente, perdeu a paciência. Desde a hora em que havia chegado à escola notou Henrique se divertindo com seus dois melhores amigos, Gabriel e Ernesto. Isso não era nenhuma novidade, os três viviam juntos e, nesses momentos, costumavam ficar mais valentes. Luísa vinha, gradativamente, se incomodando com o fato de que eles a observavam e riam vez ou outra. A gota-d'água ocorreu quando eles simularam um beijo e apontaram para ela.

– Vocês, por acaso, viram alguma coisa engraçada? – perguntou Luísa, desafiando os três ao mesmo tempo.

Nara conseguiu alcançá-la e pediu:

– Vamos embora. Esses caras são uns idiotas.

– Veio proteger a amiguinha? – riu Ernesto.

– Dispenso proteção – reagiu Luísa.

Eles riram. Quanto mais ela se mostrava irritada, mais eles gostavam.

– Luísa, calma! – falou Ernesto. – O Henrique só estava contando sobre ontem...

– Já me arrependi disso – falou ela. – Henrique, não sabia que você era tão...

– O quê? – debochou ele. – Não fiz nada! Só fiquei com medo de...

– Medo de quê? – interrompeu Luísa.

– Ah – riu ele com os amigos. – Sei lá, de ver alguma coisa estranha.

– E o que poderia ser tão estranho assim? Fala!

– Luísa, vamos! – insistiu Nara, revirando os olhos de impaciência.

– Agora quero escutar... Fala.

– Ele falou de... umas fotos... na sua casa – disse Ernesto.

– E na sua, não tem? – perguntou Luísa.

– Mas meus pais não estão se beijando em todas elas – completou Ernesto. – Foi isso que ele falou, certo, Gabriel? – o garoto ficou quieto, parecia um pouco constrangido.

Luísa respirou fundo. Repassou na mente as imagens do escritório e falou:

– Eles não estão se beijando em nenhuma foto. Você está louco, Henrique? Onde viu isso? E tem outra: se estivessem, qual é o problema?

– Não queria ver isso – riu o garoto, fazendo uma expressão de nojo.

– Olha, Henrique, eu estou vendo um monte de coisas horríveis, inúteis, bem aqui na minha frente – irritou-se Luísa. – Engole teu ódio! Você foi super bem recebido, meus pais te trataram com respeito. Agora, vira um mentiroso, um lixo...

Os meninos, de repente, tiraram todo o sorriso do rosto. Henrique ainda tentou fazer alguma piada, porém, Gabriel e Ernesto ficaram quietos.

– Eu não disse que vi nada! Só falei que fiquei com medo...

– Meus pais são pessoas muito decentes e não aceito esse tipo de... maldade. O que você pensou que ia ver? Acho que, como percebeu que lá tudo é normal, resolveu inventar umas mentirinhas para fazer sucesso com seus amigos...

– Chega, Luísa, não vale a pena – pediu Nara.

– Tem razão, amiga. Esses caras aqui não valem nada MESMO. Tchau! Me esqueçam.

As meninas viraram as costas e saíram. Os garotos ficaram em silêncio, entretanto, logo voltaram a rir. Desta vez, ironizavam o comportamento de Luísa, tentando reproduzir as falas dela.

– Olha, tentei te avisar – disse Nara quando estavam bem distantes. – O Henrique é meio estranho. Você não me escutou...

– Eu tô louca da vida! EU levei aquele sujeito para dentro da MINHA casa.

– São uns trouxas, Lu. Se o mundo não for do jeito que contaram para eles, ficam completamente perdidos. Agora chega, passou.

– Como eu me senti atraída por aquele cara? – perguntou Luísa.

– Ah, ele é bem bonitinho... Mas, como já dizia minha avó, "beleza não se põe na mesa". De repente o teu futuro é mesmo com o Ricardinho.

– Aquele teu priminho?

– Ele gosta de você, te acha bonita.

– Olha, quando ele tiver mais de dez anos, me avisa, ok? Deixa de complicar minha vida, Nara.

– Esquece, vamos voltar pra aula.

O resto do dia foi bastante tenso. Todos estudavam na mesma sala e Luísa ainda aturou os cochichos dos demais alunos, que tentavam descobrir a razão da discussão.

Era o momento de ser Junco, pensava ela. Não tinha sido a primeira vez, nem seria a última. Pioraria bastante se desse valor, prestasse atenção às fofocas. Ali, naquela sala, muitas pessoas achavam que ela era azarada, uma infeliz. Luísa sabia disso. Nunca ousavam se manifestar, mas, sutilmente, deixavam isso claro. Rejeitavam trabalhos com ela, não a cumprimentavam.

Por outro lado, existiam pessoas bacanas, uma minoria, infelizmente. O Laerte, o desenhista com fama de maluquinho porque só fazia dinossauros de todos os jeitos possíveis. A Jô, a cantora. Ela cantava em qualquer lugar, sempre. Ao conhecê-la, as pessoas costumavam achá-la simpática, determinada. Entretanto, ao tentar se lembrar de uma música, não cantava apenas um trecho, mas a canção inteira. Era bem difícil estabelecer uma simples conversa. O Ricardo, um tipo alegre, piadista do bem que, no fim das contas, era querido por todo mundo. E a Nara, claro, praticamente uma irmã. Com o passar do tempo, Luísa se acostumou a ser a única criança negra do ambiente, a não ter mãe, a aguentar olhares estranhos quando se encontrava junto de seus pais.

Certamente iria passar... Mas os ventos voltam, algumas vezes mais fortes, outras, fracos. Havia algo, no entanto, ainda difícil: curar as feridas. Mesmo sendo Junco, uma pontinha se quebrava, uma folha caía, uma raiz escapava da terra. A recuperação podia ser excessivamente longa.

O jeito era conversar. Otávio e Valmir lhe diziam estar permanentemente prontos para ouvi-la, não seria preciso guardar segredos ou sofrer por coisas desnecessárias. Sentia-se protegida e, nos tempos de criança, aquilo era excelente. Mas, agora, Luísa não desejava ser um bebê chorão correndo eternamente para o colo dos pais.

Já havia decidido jamais levar desaforo para casa e, se o mundo tinha resolvido ser duro com ela, ela o seria de volta.

E assim, perdida em seus pensamentos, distraída da aula, não viu o tempo passar.

– Nossa, o tempo voou e eu nem percebi – falou Luísa para Nara.

– Vamos embora? – perguntou Nara. – E vê se esquece tudo. Sua família é ÓTIMA! Manda um beijo pros seus pais.

– Vai indo, vou ao banheiro antes.

Luísa se afastou da amiga e atravessou o pátio da escola, já meio vazio; os alunos corriam em direção à saída. Entrou no banheiro. Observou-se no espelho, a fim de ver se estava tudo bem. Lavou o rosto. Receou ter chorado de raiva durante a briga e ter ficado com os olhos vermelhos, mas não. Secou-se, ajeitou a bolsa e saiu. Foi então que escutou uma voz.

– Posso falar com você?

Quando olhou para o lado, pressentiu a chegada de outra brincadeira de péssimo gosto.

6
UM NOVO AMIGO?

Quando Luísa chegou em casa, seu celular vibrou e exibiu um pedido de amizade que a deixou bastante desconfiada.

"Como é cara de pau", pensou ela.

O dia havia sido intenso. Não gostava de dar qualquer tipo de "show", mas, mesmo com muito esforço, jamais teria conseguido ficar impassível ao olhar de deboche de Henrique.

Quanto mais ela pensava nele, mais desejava esquecê-lo.

Dali a pouco seria o jantar e os pais certamente iriam querer saber sobre o dia dela:

"Quase bati num cara homofóbico, aquele que veio aqui ontem. Ele achou nossa casa suja, de várias maneiras. Então, disse-lhe um montão de verdades. Depois, fui ao banheiro e um dos amiguinhos dele estava me esperando com a conversa mais furada do mundo".

Certamente ela não diria nada daquilo. Valmir talvez fosse à escola para tentar encontrar alguma solução; ele já tinha feito aquilo algumas vezes. Os professores e a diretoria, porém, já sabiam como lidar com a situação: palestras de *bullying*, livros, filmes etc., etc., etc. Até resolvia por um tempo, pois, no fundo, na escola de Luísa não existia a família "ideal" das propagandas de margarina: um pai jovem, sorridente, branco, usando terno e sentado à mesa, esperando a bela mulher supermaquiada para servi-lo, e igualmente aguardando um casal de crianças superfofinhas e, para completar, um cachorro labrador ou golden retriever, bem peludo.

Luísa achava aquilo patético. Por que nunca a mulher era a servida? Tinha sempre que estar linda para cuidar do maridinho de dentes perfeitos? Ela via tanto preconceito nessas propagandas que sempre mudava de canal quando apareciam. Já tinha se acostumado, inclusive, a não se ver representada em nenhuma delas. Nunca havia um negro em papel de destaque. Parece até que pessoas negras não escovam os dentes, não lavam os cabelos, não compram roupas, nem frequentam shopping centers.

No fim das contas, nenhuma das famílias de sua escola se parecia levemente com aquela que sabe-se lá quem acha "perfeita". Alguns tinham somente mãe ou pai, eram criados por avós, um por um padrasto, por uma mãe vinda de terceiro casamento... Ela sabia que era a única que tinha pais homossexuais, mas, de qualquer forma, não havia nada de melhor ou pior nisso. Quer dizer, ela percebia sim muitas qualidades, pois sua casa não tinha gerado um tipo repugnante como Henrique.

Então, ela resolveu que iria mentir naquela noite. Diria que teve o dia mais comum do mundo. Luísa se sentia responsável por todo o problema, assim, ela mesma deveria resolvê-lo. Não tinha mais cinco anos e não iria atrair seus pais para o meio de um furacão.

Gabriel, quando a chamou ao vê-la saindo do banheiro, provocou, no mínimo, uma surpresa. Ela não entendeu imediatamente, mas se armou, pronta para enfrentá-lo, pois pensou que ele ainda quisesse lhe dizer algum desaforo.

E, de fato, ele queria mesmo falar.

– Luísa, posso conversar com você? – pediu Gabriel, verificando cuidadosamente os arredores.

– Não tenho nada para falar com você – disse Luísa se afastando.

– Calma – completou ele. – Eu não quero brigar, só queria...

– O quê? – perguntou ela, interrompendo o caminho e virando-se para o garoto.

Surpreso com aquele movimento brusco, ele pareceu ter perdido as palavras.

– Eu... Eu...

Luísa acompanhou o olhar de Gabriel e percebeu que ele estava um pouco inquieto, olhando para os lados.

– O que foi, está procurando alguém? Seus amiguinhos, por acaso? Eles já foram embora, eu vi quando eles saíram rindo da escola.

– Luísa, olha, não vim mesmo para brigar... Só queria... pedir... Desculpa, tá?

– Você está me pedindo desculpas? – a garota achou que havia algo por trás daquilo. – Isso é outra brincadeira? Ah, esse Henrique...

– Não, ele nem sabe que estou aqui – disse rapidamente o garoto. – Até, se você não contar nada pra ninguém que eu fiz isso...

– Ah, sei, você vem me pedir desculpas e eu não posso falar para ninguém? Isso não vale nada. Todo mundo vai ficar achando que sou palhaça MESMO. Isso é ridículo.

– É que... Eles não vão falar mais comigo se descobrirem e...

– Você tem ideia do que está dizendo? Olha, eu nem deveria ter parado.

– Desculpa, eu não queria te ofender. Acho chato quando eles fazem aquilo.

– Quando ELES fazem? Mas você estava lá, no meio, e lembro que você não me defendeu.

– É... Então...

– Olha, tenho que ir embora. Pode ficar tranquilo, pra mim esta conversa nem existiu. Acho que, se você tem tanto medinho de eles descobrirem que você é capaz de pedir desculpas, é melhor ficar com eles, seus melhores amigos. Eu NUNCA vou ser sua amiga.

Em seguida, virou as costas e foi embora. Já era demais ter que falar com aqueles moleques duas vezes no mesmo dia. Ela ainda olhou para trás e viu que Gabriel não a seguia. Pelo jeito ele realmente não desejava ser visto com ela.

Assim, Luísa ficou surpresa quando descobriu o pedido de amizade de Gabriel. Pensou em bloqueá-lo eternamente, mas, ficou curiosa. O que os amigos dele iriam dizer se percebessem que ele tinha ficado amigo dela? Aquilo era mais público do que se tivessem sido vistos conversando no pátio.

E se fosse uma pegadinha? Era isso, só podia ser. O Henrique já havia sido bloqueado, o Ernesto não era amigo dela. Luísa considerou que Gabriel poderia estar com a intenção de ver suas fotos particulares, quem sabe roubar alguma dos seus pais e aprontar uma baixaria.

Ficou preocupada. Aquilo já tinha acontecido antes e, desde então, ela criou diferentes categorias para adicionar pessoas. Se viesse a aceitar Gabriel, certamente ele ficaria abaixo de alguém simplesmente "conhecido". Não ia ter acesso a nada. No fim das contas, ela se descobriu curiosa com toda aquela situação. De repente, ao aceitá-lo, ela poderia igualmente verificar a vida dele e isso, subitamente, lhe pareceu interessante. Decidiu que iria "brincar" com o novo amigo.

7
UM PEQUENO TESTE

Luísa passou mais de uma semana acompanhando as atualizações de Gabriel. Não o aceitou como amigo, no fim das contas, mas também não o recusou. Deixou-o esquecido, ignorou-o. De qualquer forma, permaneceu curiosa e ficou observando o que era possível do dia a dia dele.

Ele gostava de postar diversas coisas, a maioria relacionada a *video game*, pegadinhas em vídeo e fotografias com amigos, Henrique, inclusive. Ela sempre olhava rapidamente esse tipo de fotografia e passava para as outras. Queria esquecer que aquele garoto existia.

Na escola, as coisas prosseguiam do mesmo jeito. Gabriel só se aproximava dela se não tivesse ninguém por perto e era sempre para uma conversa rápida, um cumprimento, nada além disso.

– E aí, o Gabriel já te procurou hoje? – perguntou Nara ao ver a amiga olhando distraída para o celular no intervalo.

– Que susto, Nara!

– Você estava fazendo alguma coisa errada, por acaso? – perguntou a amiga, tomando um resto de suco pelo canudinho.

– Não, claro que não.

– Então não tem nenhuma razão para ficar com tanto medo.

– Não estou com medo de nada. Estava só pensando...

– No quê?

– Nessa situação. Não é muito esquisito? O Gabriel me pede amizade e, aqui na escola, só quer conversar comigo quando ninguém está vendo.

– É, eu também acho isso beeeem estranho – disse ela revirando os olhos, impaciente. – Por que você não ignora o pedido e pronto?

– Se ele não ficasse conversando comigo escondido, eu já teria feito isso. Mas ele não desiste. Você é amiga dele, não é?

– Só virtual – respondeu Nara. – Também não converso muito com ele por aqui.

– E ele já postou alguma coisa estranha?

– Como assim?

– Sei lá, piadinhas racistas, homofóbicas...

– Que eu me lembre não, mas ele já compartilhou umas bobagens e curte tudo o que aqueles idiotas dos amigos deles postam – disse Nara. – Por que você não faz um teste?

– Teste? – estranhou Luísa.

– Isso mesmo – prosseguiu Nara. – Olha lá, ele está junto dos amigos dele. Por que você não vai lá e tenta puxar uma conversa?

– Você está louca? Não quero me aproximar daquele grupo nunca mais.

– Mas você não gostaria de saber se ele está aprontando com você? Então, se ele mentir que pediu sua amizade, você já sabe que é uma brincadeira.

– Ou vou apenas confirmar que o plano deles está dando certo – falou Luísa. – Eles vão rir, percebendo que eu caí. De repente, eles mandaram o Gabriel tentar ficar meu amigo porque ele é o menos chato, o que menos me provocou naquele dia da briga.

– Pode ser, mas acho que a gente ia perceber se ele ficasse com medo – concluiu Nara.

Luísa ficou em dúvida. Ao mesmo tempo que poderia ser verdade, ela, eventualmente, teria novos problemas por causa daquilo. Pela lógica, sabia que deveria ficar perto somente das pessoas que lhe queriam bem, porém, quando uma pessoa a incomodava demais, caso do Henrique, era difícil ignorá-lo definitivamente. Parecia uma pedra difícil de tirar de dentro do sapato.

– E você vai na festa da Teca? – perguntou Nara.

– Não sei ainda, e você?

– Claro que vou. Ela é superbacana. Ela não te chamou?

– Chamou sim.

– Então vamos, oras...

– Sei lá, meus pais falaram que vão viajar e...

Antes que pudesse completar a frase, os três garotos caminharam exatamente na direção delas. O pensamento de Luísa disparou. Ela precisava tirar a limpo aquela situação, não aguentava mais ser chamada por Gabriel nos momentos mais esquisitos e solitários possíveis. Assim, quando os meninos passaram por elas, Luísa não teve dúvidas e simplesmente disse:

– Oi, Gabriel.

Henrique e Ernesto pararam imediatamente e observaram o amigo. Para Luísa, aquilo não pareceu combinado; a reação parecia ter sido de estranhamento.

– "Oi, Gabriel"? – riu Henrique. – Por que "oi" só pra ele, gatinha?

– Primeiro que eu não sou "gatinha" – ironizou Luísa. – Segundo que não falei com você.

Ele riu ainda mais e desafiou o amigo.

– Olha aí, Gabriel. Não vai responder?

– Isso mesmo – completou Nara. – Ela está esperando.

O garoto se mostrou bastante desconcertado. Estava demorando mais do que o normal para tomar uma atitude, dizer somente um "oi". Finalmente ele olhou para ela, vagarosamente, e disse:

– Oi!

Bastou isso para os amigos o abraçarem e darem uns tapas nas costas dele, mas ele logo se desvencilhou daquilo.

– Fez uma amiga nova – riu Ernesto.

Em seguida foram embora, provavelmente sem entender muito bem o que tinha acontecido.

– O que você achou? – perguntou Luísa para Nara.

– Que eles são muito mais bobos do que eu pensava – riu ela.

– Isso eu já sabia – concordou Luísa. – Mas o que você achou do comportamento do Gabriel?

– Olha, se ele for ator, ele é dos bons, pois pareceu que os amigos dele não sabiam de nada.

– Agora sim estou achando essa história mais estranha ainda – respondeu Luísa.

O que estaria acontecendo, afinal de contas?

Será que ele queria realmente só ser amigo? Ele poderia tê-la ignorado para permanecer fiel à Henrique e Ernesto, que realmente pareceram surpresos.

Luísa resolveu pagar para ver, pegou o celular e, pronto, aceitou Gabriel como amigo.

VALMIR

Algo muito especial me chamou a atenção em Otávio quando o vi pela primeira vez. Ele sempre me diz que foi a beleza dele, mas não, embora eu realmente o ache bonito, mesmo agora que o cabelo começou a cair e a barriga a crescer um pouquinho.

Eu ainda não sabia que iria amá-lo e ter a minha própria família.

Na plataforma do metrô eu esperava pacientemente pelo trem. Alguma coisa havia acontecido e ele estava demorando mais do que o normal. Foi o que bastou para que eu visse Otávio brincando com tanto carinho com Luísa, que ainda era uma garota tão pequena. Ele a pegava no colo, a aproximava dos mapas, dos painéis e parecia explicar as coisas, com carinho. Ao mesmo tempo que eram tão diferentes fisicamente, notava-se a grande atração existente entre eles. Eu ainda não sabia que eram pai e filha, mas fiquei pensando neles pelo resto do dia. O que seriam? Amigos? Ele estaria tomando conta dela para alguém, seria parente?

Alguns dias se passaram e, novamente, avistei Otávio na estação. Fiquei contente, pois imaginei que nunca mais o veria. Dessa vez ele estava sozinho e, como todos os outros, mantinha o olhar fixo, na expectativa de o trem chegar.

Senti muita vontade de conversar, mas o que eu iria dizer?

"Oi, te vi brincando com aquela menina no outro dia e achei muito legal".

Talvez ele achasse que eu fosse um louco.

Eu também poderia falar "Olá, tudo bem? Meu nome é Valmir e achei você um cara interessante".

Eu correria vários riscos se falasse a segunda frase. Não que eu tivesse medo ou algo parecido, mas ainda estava me recuperando de um relacionamento que havia simplesmente terminado. Tive um namoro longo, de uns seis anos com o Júnior. Achei que tudo era para sempre, mas... Acabou. E foi uma pena, pois quando eu o conheci precisei tomar sérias decisões que, até hoje, provocam impactos na minha vida.

Toda a minha família mora em outro estado, longe de mim. Sempre me vi um pouco sozinho na cidade. Depois que conheci o Júnior, novos horizontes se abriram. Nós nunca moramos juntos, mas várias vezes ele vinha dormir na minha casa, passar um fim de semana.

De vez em quando, durante alguma visita familiar, a gente ficava um tempo sem se ver e isso era muito chato. Meus pais jamais seriam capazes de aceitar que eu, o filho mais velho, o que seria um médico, pudesse ter outra vida que não fosse exatamente a esperada por eles.

Não havia a menor possibilidade para que eu dissesse "Pai, mãe, o Júnior é o meu namorado!".

Ele me apresentava para a família dele, coisa e tal, e havia uma cobrança para que eu fizesse o mesmo, mas nunca fui capaz. Me sentia um pouco covarde, pois já me sustentava, bancava a minha própria vida.

Durante um tempo, queria me sentir atraído por garotas e havia cobranças quanto às minhas namoradas principalmente nos encontros de fim de ano. Eu me saía com a desculpa de que estava estudando bastante, não tinha espaço para namoros.

Mentira!

Eu namorava sim, paquerava, e acabei encontrando alguns amigos com os mesmos interesses que eu. Nesse pequeno círculo havia de tudo: o pegador, o gordinho tímido e até o bonitão. Observando a vida deles, percebi que não estava sozinho e que havia um lugar no mundo para mim. Em uma festa, acabei conhecendo o Júnior. Ficamos, nos encontramos mais algumas vezes e, antes que eu percebesse, já fazíamos planos para o futuro. E foram muitos, principalmente viagens. O Júnior adorava viajar e acho que acabei levando esse hábito para o relacionamento com Otávio.

O Júnior e eu tivemos momentos muito bons, mas os meus medos e as minhas restrições foram minando a relação. Acho que acabou na hora certa, antes que nos tornássemos inimigos.

As nossas diferenças foram ganhando cada vez mais força e, desde cedo, ele havia deixado muito claro que não queria ter filhos de jeito nenhum.

Para mim aquilo era um grande problema, pois eu sonhava em tê-los. Não tantos como meus pais, com meus nove irmãos, uns dois ou três já seria perfeito.

Alguns meses depois de terminado o assunto com o Júnior, vi o Otávio com a Luísa no metrô. Era aquilo que eu queria, ser pai, ter uma criança para amar, educar, observar o crescimento, meu filho.

Tive inveja dos dois.

Então, comecei a acertar meu horário para sempre estar no mesmo lugar do metrô. E deu certo, Otávio sempre foi muito regular, pontual. Ele chegava calmamente para aguardar o trem, no mesmo lugar. Comecei a me aproximar, a entrar no mesmo vagão, a esperar que ele se sentasse. Eu aguardava por um sinal de que ele tivesse me notado.

Um dia tomei coragem e me sentei ao lado dele, mas ele sequer me olhou. Ele me disse depois que havia gostado do meu perfume, mas que resolvera ficar na dele. Eu não sabia o que poderia acontecer, mas achei que, ali, eu estava correndo algum risco.

E se ele se ofendesse, me agredisse, pedisse para eu parar de segui-lo? Talvez ele já tivesse percebido o que eu estava fazendo e estivesse incomodado.

Ficava me perguntando se haveria alguém mais tímido que eu no mundo. Que resistisse tanto em apenas dizer para alguém que o achava bonito.

Mas é claro que eu não conseguiria fazer isso. Pensei no que a minha família iria pensar de mim se soubesse que eu "seguia" um homem desconhecido. Nem eu mesmo pensei que fosse capaz de fazer algo parecido, mas, no fundo, não estava fazendo nada, apenas o observava, com carinho.

Até que um dia algo mudou. Eu resolvi levar um livro para ler. O metrô encheu e Otávio ficou de pé ao meu lado. Eu não tinha lido uma única página e ainda não o tinha aberto, mas ele viu a capa e perguntou:

– Estou com vontade de ler esse livro, é bom?

Eu não acreditei que aquilo estava acontecendo. Na hora tive um impulso, busquei coragem dentro de mim e disse, gaguejando um pouquinho:

– É bom sim, já acabei, quer pra você?

Ele me olhou surpreso, disse que não, não poderia aceitar, mas afirmei que eu não fazia questão, não iria ler o livro de novo e poderia dá-lo sem nenhum problema. Ele então, sorrindo, pegou o exemplar e agradeceu.

Dali em diante, todos os dias tínhamos algo para conversar. Ficamos amigos e nos encontrávamos diariamente na plataforma. Evidentemente, algo a mais começou a surgir. As nossas conversas eram sempre olho no olho, com brilho. Era difícil ter que sair do vagão quando a estação chegava, pois, permanentemente, ainda havia algum assunto pendente. Tive até que comprar outro livro e lê-lo rapidamente, pois ele queria comentar algumas passagens e eu nunca podia opinar, claro.

Trocamos telefone, nos encontramos com alguns amigos para ir ao cinema, a festas e, aos poucos, fomos ficando cada vez mais um com o outro, até que, de repente, aconteceu o primeiro beijo.

O que dizer? Que eu fiquei bobo?

Sim, fiquei bobo e apaixonado. Eu me controlava o máximo que podia, resistia ao meu sentimento. Não queria sofrer de novo ou provar que eu estava me iludindo, achando que existia alguma coisa onde não havia nada.

Mas havia, e era recíproco.

Otávio anunciou primeiro que me amava e eu fiquei mudo, mas como resistir, como negar, como esquecer todo o meu tempo de "observação"?

Respondi que o amava também, e muito.

Luísa começou a fazer parte de minha vida. Ela me tratou pessimamente ao me conhecer, mas eu compreendia o que estava acontecendo. Se ela pretendia me testar, eu permitiria que levasse suas experiências até as últimas consequências. E essa minha nova filha realmente queria me deixar maluco: ficava doente de repente, escondia minhas coisas, gritava comigo, reagia violentamente a cada aproximação que eu tentasse.

Brinco com Otávio que foi muito mais fácil conquistá-lo do que a ela. No entanto, aos poucos ela foi percebendo que eu a amava, que também a queria como filha, que com aquela família, da qual eu ansiava tanto fazer parte, eu só iria ser feliz e trazer alegria.

Ela foi me aceitando e, ao mesmo tempo, eu também me aceitava plenamente. Voltei à minha cidade, com fotos de Otávio e de Luísa, reuni a família e disse tudo o que eu tinha para dizer, de uma vez só. Não ia deixar que ficassem com fofoca ou coisa parecida. Primeiro, avisei minhas irmãs mais próximas e um irmão, que eu achei que fosse compreender, mas me enganei. Ele disse que não aceitaria ter um irmão "nas minhas condições", que eu deveria andar direito. Ele tinha três filhos com duas mulheres diferentes e não dava atenção a nenhum deles. Até hoje eu ainda não perguntei para ele se aquilo era "andar direito".

Aconteceu o que eu previ. Parte da família aceitou, outra parte não. Fico triste por não poder levar meu marido e minha filha para conhecer os avós, mas não posso deixar que eles sofram qualquer tipo de agressão, nem mesmo verbal. Talvez com o tempo compreendam que isso tudo não foi uma escolha, uma opção ou uma "safadeza", como me disse um primo, mas é a minha vida do jeito que ela é, como eu nasci. Não posso mudar minha natureza para viver de acordo com o que esperam de mim, eu seria muito infeliz.

Ao assumir o controle da minha vida, pude viver em paz com a minha família, sem medo.

Já com Otávio foi tudo bem mais tranquilo. Assim que nos reconhecemos como parte um do outro, um amor verdadeiro, e decidimos unir nossas vidas, ele me levou para conhecer a família dele. Fiquei com muito medo de não ser aceito. Eu e ele conversamos bastante, comprei um presente para os pais dele, vesti a minha melhor roupa, passei meu perfume mais cheiroso. Cheguei de mãos dadas com a Luísa, pronta para me apoiar, e achei muito engraçado quando ela disse:

– Não liga não pai, a única coisa que eles vão dizer é que o pai Otávio adora "bagunçar a família".

8
PROBLEMAS, TODO MUNDO TEM?

– Droga, precisava vir todo mundo nesta festa? Está parecendo o intervalo de uma aula normal.

Nara disse isso bastante aborrecida para Luísa. A Teca era uma das garotas mais animadas da escola, ela participava do grupo de teatro, cuidava de uma comunidade dos alunos e tinha organizado até o BAZAR DO DESAPEGO. Assim, em uma festa produzida por ela, era esperada a presença de muitos jovens.

– Não exagera, Nara – disse Luísa rindo. – Tem um monte de gente das outras turmas.

– Mas é exatamente isso – reclamou Nara novamente, girando os olhos, impaciente. – Queria ver gente diferente, de outros lugares, aqui são as mesmas caras de sempre.

– Para de reclamar e se diverte. Acho que hoje vai ser bem legal!

Havia uma razão muito específica para aquela expectativa, mas Luísa a mantinha em segredo: Gabriel tinha perguntado se ela iria. Ao escutar a resposta positiva, o garoto demonstrou grande animação. Mas na festa a mesma situação da escola se repetiu: grupinhos por todos os lados.

Ela não se sentia atraída pelo garoto, de forma alguma, mas toda aquela situação a deixava curiosa. Depois de aceitá-lo, ela começou a olhar com mais cuidado os *posts* dele. Ele nunca postou, de fato, nada agressivo ou preconceituoso, como Luísa esperava.

Luísa percebeu, aos poucos, que ambos tinham gostos parecidos: as mesmas bandas, os mesmos artistas e até alguns livros de fantasia. Seriados, então, batiam todos. Ele parecia ser um cara legal, mas era somente isso.

– Oi!

Perdida em seus pensamentos, conversando com Nara, que parecia cada vez mais insatisfeita, ela não percebeu quando alguém se aproximou dela. Ao se virar para responder, ficou surpresa.

– Gabriel! – disse ela. – Estava pensando em você.

– Jura? – sorriu ele.

– É, fiquei pensando se você também ia me ignorar aqui na festa.

– Não fala assim – disse ele constrangido.

– Não? Então me explica nossa situação. Só fala comigo quando não tem ninguém por perto.

– Outro dia a gente conversou...

– Porque eu puxei conversa. E seus amigos parece que não gostaram. Ficaram rindo de você.

– Eles não riram de mim.

– Vai dizer que não falaram alguma coisa? – perguntou Luísa.

– Acharam engraçado, só isso, nada demais... E, agora, estou falando com você, aqui, na festa, no meio de todo mundo.

– Isso é verdade – disse Nara.

Luísa ficou tão surpresa com o papo repentino que tinha até se esquecido da presença da amiga.

– Pronto, você arrumou uma pessoa para te defender – disse Luísa.

– Que bom – riu Gabriel. – É bom ter amigos.

– Olha – falou Nara –, eu vou ali falar com a Teca, já volto.

Depois que Nara saiu, Gabriel pareceu aliviado. Ele ainda aguardou alguns minutos e disse:

– Que bom que você me aceitou como amigo, fiquei contente, obrigado. Pena que demorou um pouquinho.

– Só duas semanas – riu Luísa.

– É... – disse ele. – Olha, queria te pedir desculpas pelo outro dia. Eu não estava rindo de você.

– Não? Mas parecia.

– Sabe o que é? Eu, o Henrique, o Ernesto, a gente fala muita bobagem, as coisas acabam se misturando. Não tem assunto certo.

– Naquela hora, eu parecia ser o assunto...

Gabriel ficou em silêncio por um momento e disse.

– Sim, você era sim.

– Tá vendo? E o que o Henrique disse, afinal de contas?

– Ah... Ele falou que sua casa é muito bonita...

– E? – interessou-se Luísa.

– O resto você já sabe. Ele comentou sobre as fotos, seus pais... Olha, deixa eu te falar, eu não tenho nada contra não, certo? Acho tranquilo. O que o Henrique disse é problema dele, eu não tenho preconceito.

– Não? Sua família não ia achar um problema uma amiga como eu? – Luísa, mesmo conversando descontraidamente, resolveu testar logo a sua teoria "dos três".

– Problema? Já temos demais lá em casa – riu ele. – Meu pai está desempregado há dois anos e não paga a pensão faz tempo. Minha mãe não fala direito com ele e estou indo muito mal na escola, só que não conto. Tá vendo, só você tem problemas? Nem sei se vou poder continuar na nossa escola no próximo ano.

– Isso ia ser uma pena – disse Luísa. – Até que você parece ser um cara legal.

– Eu sou um cara legal – riu Gabriel.

– Isso aí tá parecendo namoro – disse Nara ao retornar. – Os dois sozinhos, rindo, conversando. Bastou eu sair um pouquinho e pronto.

– Não é nada disso – disse Luísa. – O Gabriel aqui que estava me contando algumas coisas...

– É segredo? – perguntou Nara, interessada.

– Não... Mas... – disse Gabriel, tímido.

– É sim – interrompeu Luísa. – Deixa de ser enxerida, Nara. Olha lá, Gabriel, teus amiguinhos estão te chamando. Melhor você ir.

– Vou lá ver o que eles querem. Eles são uns malas. Se eu não for, não vão dar sossego – disse Gabriel –. Mas foi legal conversar com você.

– Também gostei.

Trocaram um beijo no rosto e Gabriel se foi.

– Não sei não – disse Nara –, mas acho que tem alguém a fim de você.

– Que besteira – disse Luísa. – Outro dia o cara nem falava comigo, agora, só porque trocamos uma meia dúzia de palavras, você acha que ele está querendo alguma coisa. Ele nem faz muito meu tipo.

– Até que ele é bonitinho – riu Nara.

De repente, Luísa recebeu uma mensagem pelo celular. Quando olhou, era de Gabriel. Ele havia mandado uma imagem de lindas flores amarelas para ela. Nara ficou curiosa, porém, Luísa enrolou, falou que era o pai Valmir e ficou por isso mesmo.

Ela mandou flores de volta e não obteve mais nenhuma resposta. Entretanto, naquele momento, já ansiava por outra conversa com o garoto.

Seriam tempos de Junco?

9
PROVOCANDO DISCÓRDIA

– Nossa, mas que mulher chata!

Valmir chegou em casa bastante irritado. Otávio, que via um programa de TV, o chamou para se sentar ao lado dele no sofá.

– Ela de novo? – perguntou ele. – Por isso que eu evito ir nessas reuniões, só tem chateação.

– Mas não era assim, foi só ela chegar, tudo piorou – reclamou Valmir. – Ela é a moradora mais nova do prédio, mas é a que mais dá trabalho.

Luísa nem precisou de explicação para saber sobre quem eles estavam falando. Era a dona Sofia, a mesma que lhe pedira uma indicação de empregada há poucos meses. Desde que se mudara para o prédio ela passara a ser uma fonte de aborrecimentos, principalmente para Valmir, que era o síndico.

– Do que ela reclamou desta vez? – perguntou Luísa.

– Ela nem reclama, compara. Escuta o que a gente tem a dizer e explica que no prédio em que ela morava era assim, ou assado. Tudo lá era melhor...

– Então, se tudo lá era melhor – perguntou Otávio –, por que ela se mudou? Alguém já perguntou isso pra ela?

– Eu fico com medo de ser mal-educado e me encho de paciência... Mas dá vontade de mandar ela de volta. Nada está bom. Hoje ela resolveu reclamar do Xeique.

– Do Xeique? – espantou-se Luísa. – O cachorrinho da dona Teodora? Mas ele é tão bonzinho...

– Ela reclamou que ele late o dia inteiro, disse que basta a dona sair para ele começar a latir.

– Isso é verdade – riu Otávio. – Mas já me acostumei.

– Se tivesse sido só isso, tava bom. Reclamou que o elevador de serviço tem andado muito sujo, que a piscina está com a cor esquisita, que o porteiro é mal educado e...

– O quê? – perguntou Luísa.

– Você não tem nada para fazer lá dentro não, filha? – perguntou Valmir.

Ela riu, pois sabia que ele iria entrar em algum assunto "secreto".

– Pai, relaxa! Sempre achei essa dona Sofia muito esquisita.

– Vocês vão achar graça, mas ela disse que no prédio em que ela vivia as pessoas não ficavam se agarrando pelos cantos.

– Como assim? – perguntou Otávio. – O que foi que ela viu?

– Não sei! Até insisti para que ela se explicasse melhor, mas disse que não era nada, falou por falar...

– Não acredito – disse Luísa. – Ela sempre diz exatamente o que quer. Tem aquele jeito dela, bem mal-educada, disfarçando tudo com um sorriso. Sei lá, tenho medo dessa mulher. Se eu fosse a dona Teodora, ensinava o Xeique a não aceitar nada de estranhos. Vai que ela dá algum veneno...

– Não exagera, filha – disse Otávio. – Quem será que ela viu se agarrando?

– Acho que ninguém – respondeu Valmir.

– Como assim? – perguntou Otávio.

Valmir olhou para a sua família e disse:

– Acho que foi somente uma indireta... Para mim.

Luísa e Otávio se olharam, até que ele perguntou:

– Indireta? A troco de quê?

Várias pessoas não gostavam de tê-los como vizinhos. Achavam que não era correto que dois homens vivessem juntos. Pouco importava que esse casal pagasse suas contas em dia, que não incomodasse ninguém com barulho e que até tivesse papel importante na manutenção do edifício.

Quando aconteceu a eleição para síndico, praticamente não havia candidatos, porém, no momento em que Valmir se ofereceu, de repente surgiram dois. Valmir acabou vencendo, pois os dois que foram apresentados acabaram dividindo os votos. O combinado, provavelmente, seria o de tirar votos de Valmir, mas acabou não dando certo.

As reclamações não cessavam. Esses moradores "indignados" estavam sempre prontos a dizer que as festas de Valmir e Otávio eram as mais barulhentas, que os carros ficavam mal estacionados e que eles recebiam "pessoas suspeitas" em sua casa.

Todos esses comentários magoavam os dois, mas eles aprenderam a ignorá-los, pois já tinham convivido com coisas muito piores. O fato era que eles tinham os mesmos direitos de viver no prédio que as demais pessoas e não seria um falatório que iria fazê-los mudar de opinião.

Jamais foram confrontados pessoalmente, agredidos, sequer verbalmente, mas, vez ou outra, chegava uma indireta, um comentário, um risinho disfarçado no elevador.

Entretanto, havia muitas pessoas que não viam qualquer problema na presença da família de Luísa por ali. Assim que se mudaram, fizeram algumas amizades. Também existiam aquelas que não eram nem contra nem a favor e sequer tomavam conhecimento.

O problema é que os preconceituosos eram mais barulhentos. Tinha-se a impressão de que não suportavam qualquer tipo de contrariedade em suas vidas, principalmente no que dizia respeito ao conceito familiar que consideravam perfeito, do tipo "comercial de margarina".

– Aquelas coisas de sempre – disse Valmir. – Você sabe como é, Otávio.

– Sei e ignoro – respondeu ele.

– Só espero que eu não perca a paciência. Essa mulher é de tirar qualquer um do sério.

– Pois trate de ficar calmo – completou Otávio. – É exatamente isso o que ela quer, provocar. Conheço o tipo. Ela quer plateia. Se ninguém der bola, ela fica quieta.

– Liga não, pai – disse Luísa. – Se quiser, eu vou na próxima reunião. Ela ainda deve estar com medo de mim.

– Levo sim – riu Valmir. – Só você para me proteger!

– E cuido mesmo – riu Luísa. – Dos meus dois pais que eu tanto amo!

Olhando para os pais, tão amigos e apaixonados, um dando apoio para o outro, ela se lembrou de Henrique e do que havia sentido por ele. Não conseguira se esquecer do garoto completamente. Não havia como simplesmente arrancar o coração ou um sentimento. O que ela imaginava era se algum dia teria a mesma coisa que seus pais, um amor incondicional. Luísa se sentia imensamente feliz por fazer parte daquela família, afinal, mais importante do que nascer nela foi ter sido escolhida por ela.

10 UM MUNDO BEM PEQUENO

Quando a porta do elevador se abriu naquela tarde, Luísa levou um susto, nada a podia ter preparado para o que encontrou.

– Você? Mas o que é que você está fazendo aqui?

Os dias voavam. Luísa havia acumulado diversas tarefas. No começo do ano tinha decidido colocar em prática todas as resoluções de ano novo, e isso lhe tomava muito mais tempo do que o previsto.

Algumas vezes tentou abandonar umas atividades, mas sentia-se culpada e acabava prolongando-as: tinha começado a estudar francês, violão, a praticar ioga e sapateado. Até seus pais achavam que ela estava exagerando.

Violão talvez fosse a primeira atividade a ser interrompida, pois exigia que ela treinasse um pouquinho por dia, coisa que ela não conseguia fazer de jeito nenhum. Sentia-se culpada, pois havia recebido um bonito instrumento no Natal e um pacote de aulas com um roqueiro amigo de seus pais.

Assim, naquela tarde de sábado preparava-se para ir a mais uma aula, quando, de instrumento nas costas, perdeu completamente o rumo.

– Oi, Luísa, você vai entrar no elevador ou vai ficar aí me olhando?

– Não sei... – disse ela. – Será que estou no prédio errado? Isto é um sonho, ilusão...

– Se você não entrar logo, vão reclamar... Eu sei.

– Sabe? – espantou-se ela.

– Sei muito mais coisas do que você pode imaginar.

Luísa entrou no elevador e ficou em silêncio durante alguns momentos. Os andares pareciam demorar a passar. Enfim, ela falou:

– Então, me explique agora esta situação: nós dois no elevador do meu prédio.

– Ah, então não é um sonho?

– Se estivesse sonhando, não ia carregar este violão comigo – disse ela.

– Eu não sabia que você tocava.

– Que bom, pelo menos uma coisa que você desconhece da minha vida... Você sabia que eu morava aqui?

– Sim.

– E por que nunca me falou?

– Fiquei com medo.

– E quando é que você iria me contar? – perguntou Luísa.

– Acho que nunca... Sabe quando você tem medo de que alguma coisa aconteça, que te peguem fazendo algo... que não era para ser visto? Então, eu tinha muito medo de que isso acontecesse. Não queria que você me visse...

– Olha, você é mesmo muito mais esquisito do que eu pensava.

O elevador parou no térreo e ambos desceram. Caminharam em silêncio. Luísa tinha um monte de coisas para perguntar, mas ao mesmo tempo esperava que existisse uma explicação simples e lógica para aquilo.

– Você está com pressa?

– Tenho minha aula de violão... O professor está me esperando.

– Será que a gente não poderia conversar um pouco? Sei lá... Queria te explicar, não estou te perseguindo, não.

De repente, Luísa teve os piores pressentimentos. Depois de Henrique, jurou nunca mais trazer alguém para casa, somente seus melhores amigos, e Gabriel ainda estava sendo avaliado por ela. A relação tinha melhorado bastante, mas ela precisava de mais tempo para confiar nele totalmente. Diante do que estava acontecendo naquele momento, julgou correta sua decisão. Milhares de pensamentos passaram por sua cabeça, alguns bastante negativos. Teria ele passado informações ao Henrique, que, curioso, resolveu checar de perto a vida daquela "família esquisita"? Refletindo posteriormente, Luísa devia ter achado estranho o fato de Henrique ter aceitado tão facilmente a proposta feita no BAZAR DO DESAPEGO.

– Como é que você entrou no prédio?

– Pela portaria, o seu José é muito legal.

– Gabriel, para com essas historinhas e conta logo, o que é que você está fazendo aqui? – perguntou Luísa, impaciente.

– Calma, vim só fazer uma visita.

– Visita? – estranhou ela. – Que visita?

– Eu tenho uma tia que mora aqui.

– Tia?

– É... Hoje é o aniversário dela e eu vim dar um beijo. Minha mãe ainda está lá em cima. Eu pedi para ir embora mais cedo, elas não ligam, pois sempre têm muito assunto. Depois do beijo, eu fui liberado.

– E onde ela mora?

– No vigésimo.

Luísa sentiu um calafrio, achou que não seria possível, coincidência demais, mas Gabriel abriu a boca e disse:

– O nome dela é Sofia, ela mora aqui e, acredite se quiser, já falou de você para mim.

– E o que ela disse?

– Tem certeza de que quer saber?

Luísa retirou o violão das costas, pediu para Gabriel se sentar e falou:

– Tenho e vai ser agora!

"Tempos de Carvalho".

11 UMA PERGUNTA ESQUISITA

Luísa encarava Gabriel, desconfiada. Há algum tempo ele já sabia onde ela morava, como vivia e até mesmo parte da rotina da garota. Quando ela foi tomar satisfações com Henrique, naquele fatídico dia, ele não se sentiu à vontade para atacá-la, pois, de certa forma, conhecia mais a vida dela do que seus amigos imaginavam. E, para piorar, com detalhes e julgamentos de toda a espécie. Quando finalmente ele começaria com as explicações, escutou uma voz conhecida.

– Gabriel! – ao olhar para o lado viu a mãe dele caminhando em sua direção. – Ainda bem que eu consegui te alcançar. Você esqueceu a chave de casa em cima do sofá da sua tia, não ia conseguir entrar em casa.

– É mesmo – disse ele. – Ia ser chato ter que voltar só por causa disso.

– Você não vai me apresentar à sua amiga? – perguntou ela.

Gabriel olhou para Luísa e disse:

– Sim, mãe, é a Luísa, ela estuda comigo.

– Luísa? – disse ela, buscando rapidamente pela memória por informações. – Você mora aqui?

– Sim, moro.

– Ah – disse a mulher. – Você já vai pra casa, filho?

– Daqui a pouco. Só vou conversar um pouquinho.

– Não demora porque não quero que você chegue sozinho no escuro. Assim que sua tia me liberar, também vou. – A mulher então se dirigiu outra vez para Luísa e disse: – Tchau, foi um prazer conhecê-la.

– Também – respondeu a garota.

Em seguida, ambos ficaram olhando a mulher se afastar.

– Minha mãe – disse ele sem jeito.

– Ela parece simpática... – completou Luísa. – Então, você ia me falar da sua tia.

– Você sabe quem ela é, não precisa disfarçar – disse Gabriel.

– Não estou disfarçando – respondeu Luísa. – Estou tentando juntar as ideias na minha cabeça.

– E o que é que você acha da tia Sofia?

– O que eu acho? – riu Luísa. – A mesma coisa que um montão de gente por aqui. Sabe aquela pessoa implicante? Pois é...

– Só isso? – riu ele. – Então ela ainda está calma.

– Como assim? – perguntou Luísa.

– Ela não costuma ser muito querida. Sempre reclama de alguma coisa. De quase tudo, para dizer a verdade.

– E o que foi que ela reclamou de mim? – perguntou Luísa.

Gabriel olhou para a garota, pensou um pouco e disse:

– Acho melhor contar outro dia, não quero que você fique nervosa.

– Se você não me contar agora não vai ter outro dia, porque não vou mais querer saber.

– Nossa, Luísa, você é muito brava!

– Não sou brava, sou prática.

– Calma – disse ele. – Isso ela também disse, que você era um pouco "esquentadinha", que ela só te fez uma pergunta e você foi supergrossa...

– Ela te contou qual foi a pergunta que ela me fez?

– Não!

– Queria saber se minha mãe era empregada doméstica neste prédio e se eu poderia arrumar uma para ela.

– Ah... Entendi – disse Gabriel.

– E o que mais ela falou?

– Que sua família é... diferente.

– Já percebi que ela não gosta da gente – afirmou Luísa.

– Por quê? Ela aprontou alguma para vocês? – perguntou Gabriel.

– Meu pai Valmir é síndico do prédio e ela não facilita muito a vida dele. Bem que você podia ter me contado logo essas histórias. Agora parece que você ficou me vigiando esse tempo todo.

– Eu fiquei um pouco sim – riu ele.

– Ah é...?

– Sim, eu fiquei curioso. O Henrique exagerou. Você nunca postou uma foto dos seus pais se beijando.

– Sabe que é verdade?! Eu nunca tinha reparado nisso, mas vou resolver esse problema. Acho que tenho uma deles se beijando na última festa de aniversário, vou postar.

– Vai? – estranhou Gabriel.

– Vou – desafiou Luísa. – Algum problema?

– Não, nenhum... – disse Gabriel. – É que...

– O que foi?

– Posso te fazer uma pergunta?

– Pode – respondeu Luísa.

– Acha que você vai sempre gostar de meninos ou, algum dia, vai querer ficar com alguma garota porque seus pais...

Luísa se espantou. Ficou imaginando se Gabriel não estaria passando de algum limite. Eles não eram tão amigos assim para que ela resolvesse falar sobre a intimidade dela.

– Mas que pergunta esquisita, Gabriel.

– Desculpa, eu não queria te ofender...

– Você não me ofendeu, mas, sei lá... Você acha que as pessoas ficam com vontade de namorar alguém do mesmo sexo somente porque viram alguém fazendo isso? Você realmente pensa assim?

– É que a minha tia...

– Ah, eu sabia... Tinha que ser ela.

– Ela disse que morria de medo de que seus pais se beijassem em algum lugar público, que as crianças vissem. Disse que seria uma má influência. E fiquei pensando, juro pra você. Eu te conheço há muito mais tempo do que a minha tia e nunca te vi ficar com uma garota. Comecei a pensar sobre isso...

– E... Qual foi sua conclusão?

– Que ela está errada.

– Ufa – sorriu Luísa. – Pelo menos parece que você não concorda com tudo o que ela fala.

– Não concordo mesmo – disse ele. – Eu só venho aqui porque minha mãe me obriga. Essa tia é um pouco intrometida.

– Bem, eu entendo. Se ela fosse minha tia eu ia querer mesmo bastante distância. – Luísa achou interessante que Gabriel tivesse chegado àquela conclusão sozinho, empolgou-se com o assunto e falou: – Meus pais me adotaram, me amam. Eles querem que eu seja feliz. Isso é tão óbvio na minha casa que sempre me espanto quando percebo gente preconceituosa nos julgando. Você acha que eu não noto os olhares, os risinhos?

– E como é que você consegue lidar com isso? Você não fica triste?

– Antes de ficar triste, eu não conseguia entender o que acontecia. Na minha família também tem gente como a sua tia, sem tirar nem pôr. Mas ficar lutando para que eles nos aceitem é uma bobagem. Meu pai Valmir vive dizendo que ele não tem tempo para viver a vida dos outros.

– Deve ser engraçado ter dois pais – riu Gabriel.

– Às vezes é sim, e eles são muito ciumentos.

– Então, se alguém tentar namorar você, vai ter que lidar com dois pais.

Luísa achou aquilo estranho. Ele tocou na mão dela.

– Agora vou ter que ir... Olha, eu gostei de falar com você. Vamos conversar mais...

– Seus amigos vão ficar sabendo.

– E daí? Eles não mandam em mim. A gente pode sair um dia desses, conversar com mais calma, pode ser?

– Pode – riu Luísa, batendo com o violão na quina do banco. – Nossa, preciso ir, o professor já deve ter ligado lá em casa!

– Pena, estava bom aqui com você...

Aquilo deixou a garota confusa. Há pouco, era impossível imaginar aquela situação, agora gostaria de ficar mais, igualmente. Sentia-se confortável, leve. Fazia muito tempo que não conversava sobre sua vida com uma pessoa diferente. Gabriel se aproximou, deu um beijo no rosto de Luísa e os dois seguiram em direção à portaria. De repente, ela começou a achar que aquele garoto não era assim tão idiota.

LUÍSA

O deste ano não vai valer muito, mas, de qualquer forma é meu aniversário. No ano que vem vou completar 15 anos, aí sim, meus pais me prometeram que vão fazer a maior festa da minha vida, até de princesa, se eu quiser. Eu ri! Eles que não me venham com vestido rodado, cheio de enfeites, e dancinha com algum garoto vestido de príncipe. Credo, me dá até calafrio.

Não sei ainda o que vou pedir, talvez uma viagem... Acho que eu queria mesmo um carro, mas nem pensar...

Ainda tenho tempo para isso, por enquanto, preciso me ocupar com meus 14 anos. Esta festa, para variar, vai ser mais para eles do que para mim. Já me contaram que eles nunca puderam reunir os amigos em casa do jeito que gostariam, agora não querem perder mais tempo e comemoram tudo o que podem.

Eu lembro que, quando eu era menor, os meus aniversários eram meio esquisitos. Hoje, quando vejo as fotos daquela época, percebo que havia muito mais adultos do que crianças. Eu me divertia de qualquer jeito, pois todo mundo queria brincar comigo, porém, com o tempo eu sentia falta de ter alguém da minha idade por perto. Não faz muito tempo que pai Otávio me contou a razão disso. Ele ficou meio triste quando precisou relembrar essa história, mas eu queria saber.

Ele me contou que no meu primeiro aniversário ele convidou muita gente, todo mundo da minha escolinha, mas quase ninguém veio, nem mandaram desculpas ou coisa parecida. No ano seguinte, convidou menos pessoas, mas, de novo, vieram somente os mesmos dois coleguinhas do ano anterior.

Conversando, ele acabou confirmando o que já desconfiava. As pessoas não queriam levar seus filhos à casa daquele "casal diferente". Ele ficou muito magoado, pois foi a primeira vez que sentiu que eu iria sofrer preconceito por causa da minha família. Ele não queria que isso acontecesse comigo. Meus dois pais já tinham sofrido tantos problemas na vida, tanto preconceito, que, no dia a dia, aprenderam a evitar certas discussões, a não bater de frente com gente que não valia a pena. Entretanto, comigo a coisa era totalmente diferente. Eles não sabiam como reagir e procuravam ser simpáticos com os pais das outras crianças da escolinha, mesmo que eles demonstrassem todo o preconceito do mundo.

Eu era mais importante, eles não queriam que eu fosse tratada diferentemente ou que alguma criança me provocasse.

Pai Valmir me contou que ele passou por uma situação bastante constrangedora. Ele era amigo de um advogado que tinha uma filha da minha idade. Eu e a menina gostávamos de brincar juntas. Assim, como mais um aniversário meu se aproximava, e depois de tantas recusas, meu pai resolveu ter outra iniciativa. Ele contou exatamente como era nossa família, que éramos totalmente comuns, e perguntou se o homem gostaria de ir à festa com a menina.

O advogado pegou o convite, agradeceu, disse que achava toda aquela explicação desnecessária e que iria com o maior prazer.

Aquilo fez toda a diferença, deu um "clic" dentro do meu pai. Ele se sentia muito culpado quando havia poucas crianças nas minhas festas, achava que ele estava fazendo algo errado. Naquele dia, compreendeu que era melhor ter poucas e boas pessoas por perto do que outras que pretendessem somente nos julgar. E ele trouxe esse pensamento para o resto da vida. Parou de procurar por lugares que pudessem nos "aceitar", mas lugares que nos "acolhessem".

O tempo passou e eu mudei de escola outra vez. Nem sempre encontrei aquele clima tão feliz, porém, aprendi a conviver até com os intolerantes. A Nara, que é minha melhor amiga, ficou curiosa logo de cara. Eu era uma total novidade e ela logo se aproximou. A família dela, no início, também achou estranho, mas acabou aceitando sem problemas. Foram as primeiras pessoas a me falar o quanto achavam bonita a adoção; desejavam fazer a mesma coisa.

Nara imediatamente achou meus pais uns gatos. Eu morro de ciúmes deles.

Bem, e novos amigos vieram, os inesperados, inclusive.

Gabriel... Ainda um grande mistério. Depois daquela nossa conversa no jardim do prédio, nosso contato melhorou. Terminou de vez a história de só falar escondido comigo. Todos os dias ele me dava um beijo, contava algo diferente.

Então... Mesmo tendo prometido que eu ia demorar até trazer alguém novo em casa, pronto, me convenci, convidei o Gabriel.

Ele aceitou o convite.

Fiquei contente. Vai ser legal e vamos nos divertir bastante.

Mas uma coisa me deixa curiosa: eu adoraria ser uma mosquinha para ver a cara da tia dele quando descobrisse que o sobrinho dela iria numa festa na casa dos "diferentes".

12
UM VENTO MUITO FORTE

Como previsto, a turma dos pais de Luísa se divertia a valer durante a festa. Em alguns momentos, a garota precisava pedir que tocassem algumas músicas mais modernas. Ela gostava de ver as capas dos velhos LPs que os pais tinham guardado e que faziam a alegria daquela velha turma. Entretanto, como o aniversário era DELA, a garota achava justo que tocassem algo que a agradasse.

Então, de repente, no meio daquela balbúrdia de sons, conversas e salgadinhos, a campainha tocou.

– Eu atendo – disse Luísa se adiantando, pois sabia exatamente quem era. Abriu a porta e lá estava ele.

– Entra, Gabriel.

O garoto aparentava timidez, foi o que Luísa constatou. Depois de conhecê-lo melhor, descobriu que o que ela considerava medo nada mais era do que insegurança. Gabriel não se pronunciava muito, mesmo quando estava junto com aquela "gangue". Ela nem compreendia como ele podia ser amigo de Henrique & Cia.

Assim que ele entrou, ela lhe apresentou os pais, em primeiro lugar. Valmir e Otávio o cumprimentaram com alegria, pedindo que ficasse à vontade. O garoto também conheceu todos os adultos e, em seguida, foi levado por Luísa para o grupo onde ele, de fato, se sentiria mais confortável.

– Tudo bem, Gabriel? – perguntou Nara.

– Tudo ótimo! Legal sua casa, Luísa – disse Gabriel, observando a coleção de flâmulas, bandeiras e canecas de Valmir. – Pena que seu pai torce para esse timinho aí.

– Olha, falar mal do time dele não vai ser a melhor maneira de começar uma conversa – riu Luísa. – Ele é fanático.

Gabriel havia sido inserido no círculo de amigos de Luísa, repleto de reservas, pois ela não tinha sido a única vítima dos ataques daquela turma do Henrique. Nara sempre achara Gabriel o melhorzinho dos três, assim, foi mais tranquilo. Ricardo, o nerd, se dava bem com todo mundo no fim das contas. Jô ficava cantando, ora com os adultos, ora com os amigos, Gabriel quase lhe era indiferente. Apenas Laerte se mantinha bastante cuidadoso em relação ao "novo amigo". Ele já tinha apanhado dos garotos em razão de algumas caricaturas e considerou adequado manter-se precavido.

Ao longo da festa, ele foi se enturmando melhor, pois Gabriel realmente parecia outra pessoa, ria e conversava com todos.

A festa permaneceu animada por pelo menos umas três horas. Quando a campainha tocou novamente, Luísa percorreu com o olhar a sala e constatou que todos os convidados aguardados já estavam presentes. Achou estranho, talvez fosse algum amigo novo de seus pais. Também não tinha escutado o interfone. Como aquele pequeno mistério só seria resolvido quando a porta fosse aberta, foi isso que fez e, claro, teve uma surpresa desagradável.

– Dona Sofia!

Ela encarou Luísa e ambas ficaram em silêncio por alguns instantes.

– Eu não queria atrapalhar – disse ela. – É que...

Quando Valmir viu quem era, abaixou o volume da música e se aproximou da porta.

– Boa tarde, dona Sofia. Tudo bem com a senhora?

– Está...

– Algum problema? A senhora está precisando de alguma coisa? – perguntou Valmir.

– É que fiquei sabendo que meu sobrinho está aqui...

– O Gabriel? – falou Luísa. – Sim, ele está.

Dona Sofia ficou muda, como se esperasse que alguma coisa que lhe parecia muito óbvia acontecesse. Como ninguém se mexeu, ela prosseguiu:

– Queria falar com ele.

– Pois não – disse Valmir. – Gabriel, sua tia quer falar com você.

Ficou evidente o desconforto do garoto. Ele pareceu se sentir envergonhado, de repente se tornou o centro das atenções, todo mundo acompanhou cada passo que ele deu.

– Oi, tia – disse ele dando um beijo nela.

– Vamos comigo lá pra casa. Precisamos conversar – disse ela.

– Mas estou na festa, tia. Não pode ser outra hora? – pediu ele.

– Nossa, você nunca recusou um pedido de sua tia antes.

– Eu ia subir depois para lhe dar um beijo, mas...

– Acho melhor você subir agora – Dona Sofia esticou a cabeça discretamente para olhar o que havia dentro do apartamento e completou: – Eu já tinha conversado com você e...

Valmir estava ficando cada vez mais impaciente. Aquela situação se tornava desagradável, pois a festa tinha sido, praticamente, interrompida. Então, ele resolveu se intrometer, de fato.

– Gabriel, você está curtindo a festa?

– Sim, muito – disse ele como que procurando um local para se apoiar.

– Então, não temos aqui nenhum problema.

O olhar de dona Sofia de repente se transformou. Luísa viu nela a mesma arrogância demonstrada no passado, no elevador.

– Isto é um assunto de família, eu acho que o senhor...

Otávio se aproximou e, imediatamente, se intrometeu, pois Valmir começava a ficar nervoso. Ninguém iria ficar contente se acontecesse uma briga na porta da casa.

– Gabriel? – perguntou Otávio. – Quando sua mãe te deixou na portaria, ela sabia que você vinha pra cá, não sabia?

– Sim, ela me trouxe para a festa, eu pedi. Ela vem me pegar mais tarde, era aí que a gente ia subir para te visitar, tia.

– Ela bem que poderia ter vindo antes – resmungou a tia. – Mas vamos subir, que preciso falar com você, agora!

– A senhora me desculpe – disse Otávio –, mas ele não vai sair daqui.

– Como é? – estranhou a mulher. – O senhor não pode...

– A mãe dele o trouxe para a minha casa e somente ELA vai tirá-lo daqui. Nós somos responsáveis por ele até que a mãe dele venha buscá-lo. Se acontecer qualquer coisa com ele desta porta para fora, a culpa será minha.

– Eu sou a tia dele, irmã da mãe, é a mesma coisa.

– Não é MESMO – disse Valmir. – Otávio está com a razão. O Gabriel só vai embora desta casa com a mãe dele.

Dona Sofia solenemente desviou o olhar do casal e dirigiu-se para o garoto.

– Gabriel, venha comigo, já!

– Ele não vai – disse Luísa. – Ele é meu convidado, a senhora já ouviu o que o meu pai falou. A senhora, além de não ser minha convidada, está atrapalhando a festa.

– Luísa – disse Valmir –, pode deixar que a gente toma conta disso.

– Se a senhora quiser – falou Otávio –, nós podemos conversar com calma em outro horário, mas neste momento vai ser assim. O menino fica até que a mãe dele apareça para pegá-lo.

– Gabriel – disse ela –, eu vou ligar para sua mãe e vou contar o que está acontecendo aqui.

– E o que é que está acontecendo? – perguntou Valmir.

– O senhor, como síndico – disse ela agressivamente –, não deveria fazer tanto barulho a esta hora do dia.

Valmir riu e disse:

– Eu, como síndico e morador deste prédio, sei que não estou fazendo nada de errado e o horário está perfeitamente adequado. Não sei se no seu outro edifício era diferente, mas aqui é assim. Basta ler o regulamento.

Gabriel não sabia o que fazer. Ele nunca havia contrariado sua tia antes, mas ela também nunca invadira sua vida daquele jeito. Sentiu-se, de repente, protegido naquela casa.

– Tia, eu não vou não. Vou ficar aqui. A festa está legal, o pessoal é bacana, não tem nenhum problema. Minha mãe está sabendo que estou aqui, pode ficar tranquila, depois a gente vai lá.

– Não, não precisa – disse ela. – Vou dar uma saída e não sei a que horas eu vou voltar. Depois eu ligo para sua mãe. Ela vai saber o que aconteceu por aqui, direitinho.

– Pode deixar, dona Sofia – disse Otávio. – Quando ela chegar, nós contamos, pode ficar tranquila.

Valmir sorriu e abraçou Otávio pela cintura.

A mulher foi para o elevador. Luísa, Gabriel e os pais a observaram até o momento em que ela se foi. Aí fecharam a porta e retornaram para a festa.

Tudo mudou, o clima pesou, ficou um pouco desagradável. A alegria dos adultos, por mais que eles tentassem disfarçar, se modificou. Eles procuravam não fazer nenhum comentário sobre o que tinha ocorrido em respeito ao garoto, mas Luísa sabia que Valmir estava com vontade de subir pelas paredes.

Gabriel pediu desculpas por aquilo, mas todos se apressaram em dizer que ele não tinha feito nada de errado.

Os jovens, pelo contrário, retomaram a conversa rapidamente, como se nada tivesse acontecido. Até riram, tratando Gabriel como criancinha.

A música voltou a tocar, mas Luísa pressentiu que alguns ventos iriam soprar e, provavelmente, de um jeito bastante forte.

13
INIMIGOS POR PERTO

No primeiro dia de aula após a festa, o clima na escola estava muito tenso. Tão logo chegou, Luísa recebeu a notícia de Nara.

– O Gabriel brigou com o Henrique. A coisa foi bem feia.

– Por quê? – perguntou ela.

– Você não sabe ainda? – perguntou Nara, porém, logo se lembrou de que a amiga não acompanhava os *posts* de Henrique, assim, era impossível conhecer os últimos fatos. – Olha, vou te mostrar, mas você vai ficar bem nervosa...

Nara exibiu uma imagem e Luísa ficou indignada. Por mais que esperasse algo baixo de Henrique, nunca conseguiria imaginar um ataque tão direto a um de seus próprios amigos.

Gabriel havia compartilhado uma fotografia de Luísa, da festa, na qual estavam ele, Luísa, Nara e os pais dela, todos sorridentes. Henrique replicara a imagem com uma legenda bastante ofensiva: "Olha só, o Gabriel na casa dos boiolas. Será que virou?"

– Esse moleque passou dos limites.

– A briga já acontecia na *net* – falou Nara. – O Gabriel e o Henrique passaram o domingo inteiro discutindo. Quando se encontraram aqui na escola, saíram no braço. Quem começou foi o Gabriel, para piorar. Ele deu um murro na cara do Henrique, aí pronto, até os professores vieram separar.

– O Henrique mereceu, pronto, falei! – confessou Luísa.

Mal ela disse isso, Luísa viu a mãe de Gabriel chegando. A garota se sentiu péssima. Já bastava a situação que dona Sofia havia criado e que deixara aquela mãe bastante constrangida. Luísa e Gabriel não participaram da conversa, mas depois seus pais lhe contaram que a mulher achou a atitude deles correta. Ela também não deixaria que outra pessoa levasse um convidado de sua casa. Até pediu desculpas pelo comportamento de dona Sofia.

Ficou nisso, mas Gabriel ficou triste. Jamais alguém da família dele havia tentado retirá-lo de uma festa. Ele sequer imaginava que algo daquele tipo poderia, algum dia, se passar.

Quando Luísa postou a tal foto, foi apenas para mostrar um momento de alegria. Já tinha tomado a decisão de exibir mais sua família, como todo mundo fazia. Nunca tinha visto qualquer amigo compartilhar uma foto de uma família com frases preconceituosas, racistas. Por que com ela? O que era aquilo?

– Por que será que o Henrique me odeia tanto? Ele nunca tinha feito nada disso. Até parecia um cara legal – disse Luísa. – Depois que foi lá em casa, ficou assim...

– Foi porque fizeram a mesma coisa com ele, Luísa – disse Nara.

– Como assim?

– Olha, bem que falam que é bom manter os inimigos por perto – debochou Nara. – Algumas pessoas podem estar tramando contra a gente.

– O que é que você sabe?

– O que todo mundo que segue a página do Henrique sabe. Alguém postou que ele tinha ido até a sua casa e começaram as brincadeiras. Queriam saber se ele desejava "aprender" alguma coisa. Ele ficou muito bravo e passou a atacar você, sua família, a fazer piadinhas. Ele não queria que ninguém achasse que ele tinha "virado viado", foi isso que ele escreveu.

– Por que você não me falou isso antes? – perguntou Luísa.

– Você já tinha brigado com ele, naquele dia horrível no pátio. Até achei que você tivesse visto alguma coisa.

– Não deu tempo. Depois que ele saiu da minha casa eu o apaguei da minha vida.

– Foi esse o problema. Tudo começou depois disso. Aí, quando ele viu o Gabriel, que é da turma dele, ele fez o mesmo que fizeram com ele e deu no que deu. O Gabriel resolveu de outro jeito, partiu logo para a violência. E, o mais curioso...

– O quê?

– O Gabriel te defendeu o tempo todo – disse Nara. – Ele não negou que tinha ido à sua casa, que tinha se divertido e achado sua família legal. Isso deixou o Henrique ainda mais irritado, falou que não queria saber de amigo boiola perto dele.

Se Luísa ainda precisasse de alguma prova da amizade de Gabriel, ela tinha acabado de receber. Raramente alguém tinha se levantado para defendê-la daquela maneira. Só mesmo Nara e poucos amigos. Sentiu-se feliz, protegida.

– Olha, não vou deixar o Gabriel ficar mal nessa.

– E o que você vai fazer?

– Ainda não sei, mas estou indo AGORA para a diretoria. Você vem comigo?

Ambas foram, rapidamente. Quando chegaram diante da sala, a secretária pediu que retornassem às aulas.

– Só queria saber como está o Gabriel – pediu Luísa.

– Os dois meninos estão bem. Os pais deles já chegaram, só estão conversando com a diretora e...

A moça nem terminou a frase quando Henrique saiu ao lado de seu pai. O garoto passou por Luísa e a fuzilou com o olhar, mas não disse uma única palavra. Em seguida, Gabriel deixou a sala com sua mãe.

– Você está bem? – perguntou Luísa.

– Ele está – respondeu a mãe. – Vai ficar uns dias em casa, para pensar melhor no que fez.

– Suspensão, uma semana. Bem que poderia ter sido um mês – riu ele.

EXCLUIR
BLOQUEAR

– Isso não tem graça, Gabriel – disse Luísa.

– Não tem mesmo – completou a mãe dele. – Mas não vai ficar só nisso não, Gabriel. Pode ficar tranquilo que você não sai este mês inteirinho. Vai ser da escola pra casa e de casa pra escola.

– Ah, mãe, mas eu não tive culpa.

– Não? Você deu um murro no rosto do seu amigo. Poderia ter machucado muito...

– Ele não é mais meu amigo – disse Gabriel.

– Será que ele ainda tem algum? – riu Nara.

– Depois você me manda uma mensagem, Gabriel? – pediu Luísa.

– Não vai dar – adiantou-se a mãe. – Neste mês ele não se aproxima mais do computador, de jeito nenhum.

Gabriel e a mãe se dirigiram ao portão de saída e as garotas foram para a sala de aula.

– Não achei justo o que fizeram com o Gabriel – disse Luísa.

– Se ele não tivesse batido no Henrique... – falou Nara.

– Mas ele só fez isso porque foi provocado.

– Olha só, virou defensora do Gabriel? Até outro dia você nem queria que ele fosse seu amigo, agora...

– Me enganei, só isso. Todo mundo se engana.

– Espero que eles voltem mais calminhos – disse Nara. – Ou acontece isso, ou o Henrique fica ainda mais bravo e vai querer aprontar.

– Talvez esteja na hora de ele experimentar uma dose do próprio remédio – falou Luísa.

– O que você quer dizer? – perguntou Nara.

– Sei lá, aprontar alguma coisa com ele, soltar uma mentira...

– E como é que você pretende fazer isso?

– Vou pensar. Mas não vou deixar isso ficar assim de jeito nenhum. Cansei do Henrique. Ele vai ter que aprender de uma vez por todas que não pode ficar brincando comigo, com a minha família...

– Vê lá o que você vai fazer – disse Nara.

– Pode deixar. Já tenho uma boa ideia.

Tocou o sinal e elas entraram na sala. Luísa, porém, estava com a cabeça em outro lugar, sabendo que naquele momento teria que ser mais Carvalho do que nunca.

LUÍSA

Hoje, quando meus pais me chamaram para conversar, imaginei que haveria uma bronca...

Pai Valmir foi quem começou o assunto e me perguntou:

– Do que é que você tem mais medo na vida?

Eu tinha a resposta exata, pois a coisa que eu mais temia já tinha me acontecido duas vezes. Da primeira eu não me lembrava, mas da segunda, sim, e ela só aconteceu por causa da primeira.

Meu maior medo era o de perder minha família. Da primeira vez, eu não me lembrava de nada porque fui abandonada ainda bebê. Sempre penso nisso. Por que será que minha mãe me abandonou? Será que foi ela mesma quem fez isso? Será que eu não fui sequestrada? Ela não tinha dinheiro para me criar?

Depois disso, veio um montão de outras dúvidas:

Será que tenho irmãos? Como será que eles são? E meus tios, minhas tias, meus primos... Alguém sabe que eu existo? Minha mãe estaria arrependida, pensaria em mim?

Já me imaginei mãe e acho que jamais teria a coragem de abandonar meu filho por aí. Meus pais conversaram pouco sobre as minhas origens. Se um dia eu quiser saber, eles já falaram que me ajudariam a buscar novas informações.

Por eles, a minha origem é a que sou filha deles e pronto.

Mas eu tenho curiosidade e já sofri muito por causa disso. Penso que nunca saberei exatamente o que aconteceu, então esse problema está dentro de mim, de forma permanente.

Agora... A segunda vez que perdi minha família, foi bem mais complicado. Nem sei se posso pensar que foi "minha", pois nem deu tempo de saber.

Eu era muito pequena MESMO, mas me recordo de algumas pessoas vindo me visitar, passar um tempo comigo, me dar presentes. Depois, me levaram para uma casa diferente da que eu vivia. Lembro que passei a dividir um quarto com uma garota que me batia quando ninguém estava vendo. Ela não me aceitava por ali, disso eu tenho certeza, pois também quebrava meus brinquedos e não queria brincar comigo de jeito nenhum. Ela sempre gritava no meu ouvido.

– Eu cheguei primeiro, nasci aqui, só eu vou ser filha deles!

Hoje entendo que ela tinha ciúmes de mim, não aceitava que outra criança "dividisse" os pais dela. Com o tempo, descobri que eles sofreram muito por ela, foi uma gravidez difícil e, depois que ela nasceu, a mãe não pôde mais ter filhos. Como não queriam que ela crescesse sozinha, resolveram me adotar.

Eu nunca faria isso desse jeito. O que aquela família pensava que eu era? Uma boneca? No fundo, a menina achava isso sim. Apanhei tanto daquela garota que, um dia, a assistente social me levou embora de vez. Lembro que fiquei muito triste quando retornei ao orfanato. De repente, me vi em um lugar cheio de crianças diferentes das que eu conhecia. Algumas que eram minhas amigas já tinham ido embora.

Fiquei com medo. Comecei a me esconder sempre que aparecia algum adulto diferente. Não queria mais sair dali de jeito nenhum. Acho que sou um pouco apegada às coisas porque realmente tenho medo de perder tudo, de ter que sempre recomeçar do zero.

No entanto, os fatos se transformaram quando chegou o pai Otávio. Nunca eu me senti tão amada, desejada. Quantas coisas ele já deixou de fazer para me agradar, para não se afastar de mim. Quase que ele abandonou o pai Valmir, por causa das minhas birras, mas, felizmente, esse meu segundo e amado pai tinha amor para nós dois.

Então, quando pai Valmir me fez aquela pergunta, respondi sem pestanejar:

– Tenho muito medo de perder minha família.

Aquela resposta causou algo nos dois. Pai Valmir ficou com os olhos cheios de lágrimas, mas não deixou cair nenhuma, apenas disse:

– Você sabe que isso nunca vai acontecer. Nem adianta tentar se esconder da gente – riu ele. – Eu te encontro até se for no fim do mundo.

Em seguida, pai Otávio claramente tomou o controle da conversa, pois percebeu que aquilo tudo poderia acabar em choro, e disse:

– Filha, e o que é que você não gostaria que acontecesse com os outros?

Respondi rapidamente:

– A mesma coisa.

Até agora me lembro de quando os dois respiraram fundo e se olharam, procurando o que falar.

Pai Valmir disse:

– Sim, isso é muito triste, com certeza, mas humilhar os outros também não é um bom caminho, certo?

Fiquei quieta, mas não precisava dizer nada.

– Então você sabe como seu amigo está se sentindo, não sabe? – completou pai Otávio.

Pronto, eu já tinha entendido tudo sobre aquela conversa, aonde eles queriam chegar: Henrique.

– A gente viu o que ele fez, os *posts*, as piadas, o preconceito... – disse pai Valmir.

Pai Otávio completou:

– Já vivemos muito isso. De vez em quando, a gente até precisa se impor, mas...

– Caso da dona Sofia, por exemplo – falei tentando fazer graça, mas não adiantou nada, eles continuaram sérios.

– Sim, filha – disse o pai Valmir. – Ainda bem que seu pai estava lá para me segurar senão era capaz de eu ter feito alguma coisa da qual iria me arrepender. Sou meio cabeça quente, já fui de brigar, sim. Já fui expulso algumas vezes do futebol por causa disso – falou ele.

– Seu pai é meio cabeça dura mesmo – concordou pai Otávio. – Mas ele já aprendeu que quando agimos com violência acabamos nos transformando exatamente naquilo que nos provoca mais ódio, repulsa. Não pretendo me transformar numa pessoa que sente ódio, rancor, que não respeita os outros.

Eu já estava envergonhada o suficiente... O que eu fiz foi pensado, eu assumo, mas eu estava com muita raiva daquele idiota do Henrique, MESMO. Queria que ele sentisse na própria pele o que ele fazia com os outros. Primeiro foi comigo, com meus pais, com o Gabriel... Quando isso ia parar?

– Tá, pai – eu falei. – Já me arrependi. Fiz tudo aquilo porque eu estava com raiva.

– Quantas vezes eu já te disse para não fazer nada quando estiver com raiva? – perguntou o pai Otávio. – É o pior momento para se tomar uma decisão.

– Sei que é difícil, filha – disse pai Valmir. – A gente sempre está aberto para conversar, você sabe disso, não existe razão para...

Eu já estava mais ou menos arrependida do que tinha feito, porém, ainda achava lá no fundo que o Henrique merecia um pouquinho tudo aquilo.

– Vocês vão me deixar de castigo?

Eles olharam para mim e disseram:

– Provavelmente, mas antes... – sorriu pai Valmir.

– Você vai resolver isso sozinha – falou pai Otávio. – Amanhã, na escola, você já sabe EXATAMENTE o que precisa fazer.

Eu sabia, mas não ia de jeito nenhum, nunca, em hipótese alguma obedecer.

– E se eu não fizer? – perguntei.

– A gente acredita que você vai fazer. Não esperamos outra coisa – comentou pai Otávio. – Você não é igual a ele, filha!

Aquilo vibrou dentro de mim. Sim, eu não era igual ao Henrique, em ABSOLUTAMENTE nada. Não teve jeito, meus pais venceram, mas que sofrimento!

Ok, Henrique, amanhã eu vou mostrar para todo mundo que, embora eu tenha feito uma burrice, eu não sou igual a você!

14 LEITE DERRAMADO

Ao chegar à escola, Luísa não se sentia à vontade. Sabia que precisava resolver aquele problema, mas adiou cada minuto possível.

– Você vai fazer isso mesmo? – perguntou Nara.

– Tem horas que desisto, sério! – respondeu Luísa.

Postergar apenas lhe aumentava o sofrimento. Na sala de aula, ela procurou não olhar para Henrique. Ele também a evitava. Luísa, finalmente, decidiu cumprir o prometido aos pais e, no intervalo, procurou pelo garoto. Ao vê-la, ele reagiu imediatamente.

– Sai de perto de mim, garota.

– Não gostaria de ficar perto de você, nem por um minuto – disse ela. – Mas eu... Eu... Só vim pedir desculpas.

– Desculpas? – estranhou ele, que estava na companhia apenas de Ernesto.

– Vim te pedir desculpas justamente para você ficar sabendo que eu não sou como você. Se erro, eu assumo. Então, me desculpe, estou muito arrependida.

– Vamos embora, Luísa – disse Nara revirando a cabeça, olhos, tudo.

Ela ainda esperou uma resposta, mas ele ficou quieto. Finalmente as amigas viraram as costas e tentaram aproveitar o resto do intervalo.

– Bem, eu pedi desculpas – disse Luísa. – Se não quiser aceitar, azar dele. Fiz a minha parte.

Luísa se lembrou do momento no qual decidiu se vingar de Henrique. Vários de seus amigos sabiam do interesse dela pelo garoto. Assim, sempre que alguém lhe perguntava, maliciosamente, como tinham sido "as aulas", ela passou a afirmar publicamente que Henrique "não era lá essas coisas". Às vezes, era contundente: ele simplesmente não sabia nada de mulher.

Aquilo provocou toda uma série de boatos e risinhos. O garoto virou motivo de fofocas e especularam abertamente sobre a sexualidade dele. Como quem espalhava aquele boato era Luísa, que, segundo alguns, "tinha conhecimento de causa", começaram a afirmar: Henrique é gay.

Ao descobrir, por fim, o que Luísa andava fazendo, foi direto tomar satisfações com ela, mas a situação piorou, pois ela não desmentiu uma única palavra. Henrique passou a brigar com todo mundo e seus pais chegaram a ser chamados na escola.

Então, o plano de Luísa começou a ruir. Percebeu seu erro ao ver Henrique ser humilhado meramente por uma questão sexual. Havia praticado o maior de seus pesadelos: o estímulo ao preconceito. Pensou apenas que a situação iria gerar algumas brincadeiras e ponto final. O ódio, porém, cresceu, tomando dimensões exageradas. Quanto mais Henrique brigava, mais provocações ele recebia. As pessoas gesticulavam, ofendiam, postavam mensagens agressivas nas redes sociais.

Por um momento, Luísa ficou feliz em vê-lo passar por situações aparentemente constrangedoras, porém, diante da dimensão do caso, ela não teve outra saída a não ser revelar aos seus pais toda a história.

Eles a reprovaram totalmente. Ficaram contentes ao constatar o arrependimento da filha e pediram que ela desfizesse todo o mal-entendido.

Luísa reuniu os amigos, primeiramente, e confessou seu projeto de vingança. Eles não ficaram exatamente com raiva dela, pois gostaram de ver Henrique sofrer um pouco, para variar, mas compreendiam a necessidade de colocar um fim em tudo aquilo.

Demorou um pouco e acabou. Alguns inimigos dele, que achavam divertido provocá-lo, precisaram calar a boca e procurar outras maneiras de resolver suas diferenças.

Luísa, ao se recordar do assunto, desejava jamais ter dado início a toda aquela confusão.

– Sabe, Nara – disse Luísa voltando completamente à realidade –, estou arrependida DE VERDADE. O que foi que eu ganhei com isso? Deixei meus pais envergonhados, tristes comigo...

– Ah, sei lá... – falou Nara. – O Henrique mereceu, isso sim.

Durante aqueles acontecimentos, Gabriel se aproximou ainda mais de Luísa, assim, já estava se tornando comum um encontro entre eles pelos ambientes da escola. Naquela manhã, quando viu as meninas juntas, aproximou-se com a intenção de estreitar seu contato com Luísa, principalmente.

– Oi! – disse ele se aproximando. – Amanhã, Luísa, vou visitar minha tia. Você vai estar em casa à noite?

– Vou – respondeu ela.

– Não vai ter aula de nada? Capoeira, kung-fu, mágica? – riu ele.

– Não – sorriu ela. – Você quer passar em casa depois?

– A gente não poderia conversar lá no banco do jardim, só nós dois? – falou ele rapidamente.

– Se quiser – falou Nara –, posso sair daqui...

– O assunto é meio longo – respondeu Gabriel. – Não vai dar para falar agora, mas amanhã, se você puder...

– Posso sim.

– Legal – disse ele.

Nisso, o sinal tocou e todos retornaram à sala de aula. Luísa ficou pensando se ela estava vivendo um momento no qual precisaria ser Junco ou Carvalho, mas, de verdade, não sabia. Apenas pressentiu uma leve brisa, um vento que não parecia ser forte ou fraco, mas que vinha se formando rapidamente.

15
UMA PERGUNTA INUSITADA

Luísa estava ansiosa, sabia que em pouco tempo Gabriel iria bater à sua porta.

Nara especulava que ele estivesse realmente a fim dela. O que mais ele poderia querer falar com ela a sós? Por que tanto segredinho, tantos olhares à distância, tanto medo de se aproximar? Tudo parecia indicar que se tratava de timidez, que o garoto não sabia como se aproximar dela.

Luísa especulava o oposto, que Nara estava exagerando, e ela não estava com cabeça para aquilo no momento. Ainda estava amargando os efeitos dos atos que praticara contra Henrique. Sentia-se culpada. Sabia que seus pais já a haviam perdoado, mas ela realmente desejava que aquilo nunca tivesse acontecido, que não existisse nem como lembrança.

Então, a campainha tocou.

– É pra mim – gritou Luísa, se adiantando para a porta.

Apenas Otávio estava em casa, Valmir jogava futebol, demoraria um pouco ainda para chegar. Ela ficou contente, pois assim, haveria menos olhares curiosos sobre ela.

– Oi, Luísa, tudo bem? – Gabriel lhe deu um beijo no rosto.

– Tudo.

A garota fechou a porta e foram para o elevador, em silêncio. Não falaram muito, ficaram observando os números mudarem. Ele sorria e não adiantou nada do assunto. Caminharam em direção ao banco do jardim, que estava vazio. Apenas algumas crianças brincavam no pequeno *playground* próximo.

– Pronto – disse ele. – Aqui é um lugar tranquilo.

– Sim – disse Luísa. – E sua tia, está mais calminha?

– Nossa, ela reclamou muito daquele dia. Disse que tinha ficado decepcionada comigo, que se eu gostasse dela de verdade eu teria ido embora com ela, mas não, preferi ficar com aquela gente... esquisita.

– Esquisita? – riu Luísa. – É, pelo jeito ela não vai gostar da gente nunca.

– Não mesmo! – concordou Gabriel. – Ela tem uma vida muito certinha, não gosta de nada diferente.

– Ser certinha é ser preconceituosa? – perguntou Luísa.

– Acho que ela não pensa que é preconceito, o mundo dela é que é o certo e pronto.

– E qual é o mundo dela, afinal de contas?

Gabriel contou que a tia tivera uma vida comum. Era a irmã mais velha de três irmãos e, junto com eles, tinha estudado em boas escolas e feito algumas viagens. Só trabalhara até se casar, mas logo ficara viúva; o marido morrera em um acidente. Nunca mais ela se interessou por outra pessoa e passou a viver da pensão do marido falecido.

– Minha mãe acha que ela ficou sem ter o que fazer e, por isso, se mete na vida da família toda – disse Gabriel.

– E você é obrigado a aguentar tudo o que ela faz? – perguntou Luísa.

– Aí é que tá, acho que não, mas minha mãe exige.

– Por quê?

– Minha mãe é a filha mais nova, e quando era criança, ficou muito doente, acharam até que ela ia morrer. Minha avó tinha que trabalhar e minha tia acabou cuidando dela.

– Entendi – disse Luísa.

– Pois é, minha tia vive jogando isso na cara, que, se não fosse por ela, minha mãe tinha morrido etc. E, assim, a gente sempre faz o que ela quer, mas, estou ficando cansado disso.

– Por isso que você não a obedeceu? – riu Luísa.

– Isso mesmo. Minha mãe pode até achar que deve alguma coisa pra ela, mas eu não... Quero viver a minha vida.

– Bem, legal saber disso tudo, mas foi pra isso que você me chamou aqui? – perguntou Luísa.

Gabriel abaixou a cabeça, olhou para o prédio, como que tentando ver se a tia o observava e disse:

– Não – riu ele. – Claro que não... Olha...

Luísa percebeu que ele estava meio perdido, parecia não saber o que dizer.

– Fala, Gabriel. O que está acontecendo?

– Luísa, eu posso confiar em você?

– Pode, claro!

– Mesmo depois do que você fez com o Henrique? – perguntou Gabriel, se arrependendo logo em seguida.

– Olha, Gabriel, aquela foi a maior besteira da minha vida. Eu tinha certeza que, uma hora ou outra, alguém ia jogar isso na minha cara. Então, entenda de uma vez por todas: EU ESTOU ARREPENDIDA. Agora, tchau, que tenho mais o que fazer.

– Não, peraí – disse ele segurando-a pelo braço. – Eu confio em você... Acho que só dá para confiar em você.

– Como assim? – perguntou ela, curiosa.

– Olha, Luísa, ter ido à sua festa foi muito legal, gostei de ver sua família, eu pensava que...

Ela estranhou, achou que viria algum comentário dos que ela considerava "esquisitos".

– Que a minha família era diferente das outras? – perguntou ela, desconfiada.

– Mais ou menos – disse ele. – Só não esperava que fosse tão igual.

– Como assim?

– Sabe, vou dizer a verdade, eu nunca tinha visto dois homens juntos, casados, com filho e tudo... Minha tia acha que isso não é normal e, de tanto ela falar, eu acreditei. Só que...

– Qualquer dia eu vou dizer para sua tia o que não é normal de verdade: é ficar cheia de preconceito.

– Mas é isso mesmo, preconceito. Luísa, gostei muito de ver a sua família. De verdade... Até aquele dia eu pensava que não era possível... – ele parou de falar e prosseguiu. – Um homem viver com outro e ser feliz. Formar uma família assim mesmo.

Luísa estranhou aquela frase, o jeito como ele falou, olhando nos olhos dela.

– Que bom que você percebeu isso, para mim é tão óbvio, não faz nenhuma diferença de quem você gosta, certo?

– Acho que sim – disse ele. – Na minha família não tem ninguém assim e...

– Assim como? – perguntou ela.

– Gay.

Luísa riu.

– Você tem certeza do que você está dizendo? Você conhece todo mundo da sua família, vive com eles 24 horas por dia, sabe o que eles pensam, desejam?

– Não.

– Então como é que você sabe que não tem ninguém "assim" na sua família?

Ele riu.

– Luísa, eu... Sabe... Não tenho com quem falar sobre isso. É muito difícil... – ela ficou olhando para ele. – Eu não sei, mas não sinto muito interesse por garotas – Ela olhou para ele, surpresa. – Não é que eu não goste delas, mas, eu, entende... Não me sinto atraído como me sinto por...

– Outros caras?

– Não sei – disse Gabriel. – Eu não sei... Sabe... Se minha tia...

– Para de falar da sua tia por um minuto, POR FAVOR, ela não está aqui, você está falando COMIGO! Então, se você me chamou aqui foi para contar alguma coisa que você acha importante.

Gabriel sorriu e perguntou.

– Será que eu sou gay, Luísa?

LUÍSA

Eu olhava o Gabriel e não sabia o que responder. Como vou saber se ele é gay? Melhor falar "perdi minha bola de cristal", sei lá. Não sei nem o que vou comer nesta noite!

Só porque tenho pais gays ele acha que sou capaz de descobrir quando uma pessoa é ou não? Isso não existe.

Mas, o pior, eu consigo compreender a situação dele. Se eu tivesse uma tia daquela, estaria com medo de me assumir e ser colocado para fora de casa, como acontece por aí. Meus pais também tinham esse receio. Que mania terrível algumas pessoas têm de abandonar seus parentes só porque fazem alguma coisa com a qual não concordam. Quanto mais o tempo passa, entendo que o abandono ocorre de várias maneiras e em diferentes fases da vida de uma pessoa. Triste, muito triste.

E ele continua me olhando... Ele quer mesmo uma resposta, mas qual?

Se eu disser que ele é gay, o que pode acontecer?

Talvez espere que eu diga exatamente o contrário.

Mas...

Talvez ele deseje uma confirmação, algo genérico: seja feliz do jeito que você é. Na verdade, não escolhemos absolutamente nada quando viemos a este mundo: cor, país, família, como iríamos escolher de quem a gente vai gostar? Um absurdo!

Ele me pegou completamente de surpresa. Eu não esperava....

Gabriel, para de me olhar, por favor... Não sei responder isso!

16
A RESPOSTA É...

– Nossa, Luísa, esquece que eu te fiz essa pergunta – disse Gabriel. A garota se sentiu aliviada, ficou pensando por alguns segundos, mas que lhe pareceram uma eternidade. – Você deve estar pensando que eu estou louco. Não era bem isso que eu queria perguntar...

– Achei meio estranho. Mas... Sei lá... Isso é uma coisa sua. Não sei. Meus pais...

– Não – pediu ele. – Você não pode falar dessa nossa conversa pra ninguém.

– Tudo bem, não vou falar nada não, mas... O que é que você sente realmente?

Gabriel olhou para ela, hesitou novamente, mas acabou falando:

– Sabe, eu penso muito... Eu não quero decepcionar meus pais...

– Mas, Gabriel, você já está certo de sua resposta? Se você está pensando que vai decepcionar seus pais é porque...

– Tá bom, Luísa, vou tentar te contar mais algumas coisas. Eu tenho vergonha. Só isso. É que, sei lá, eu costumo olhar mais para os caras do que para as garotas. Eu faço isso discretamente, sem chamar a atenção.

– Aqueles teus amigos nunca perceberam nada?

– Eles não são mais meus amigos – disse Gabriel. – Ninguém nunca percebeu porque eu tomo muito cuidado. Eu reparo mais quando estou sozinho. Com eles, eu repetia o que eles faziam, olhava para as garotas, falava que eram gostosas, essas coisas...

– Isso eu não entendo, por que você estava naquela turma? Eles não têm nada a ver com você.

– Por isso mesmo, eu pensava que, andando com eles, sei lá, eu talvez descobrisse que estava errado, que gostava da mesma coisa que eles, que... Enfim... Que eu era normal.

– Você é normal, Gabriel.

– Não sei... Não tenho coragem de falar isso lá em casa, não tenho mesmo... Vai que eles me colocam pra fora. Eu não ia saber viver sem a minha família...

– Gabriel, isso não é brincadeira sua não, né?

– Claro que não, Luísa, eu ia brincar com uma coisa dessas?

Ela olhou para o garoto e desejou que ele estivesse sendo sincero.

– Olha, eu sou sua amiga, acho que ainda é um pouco cedo pra...

– Vamos deixar como está... Pior do que tá, não fica, como diz minha tia.

– Pronto, tinha que voltar pra ela – riu a garota. – Mas, olha, sempre que você quiser falar sobre isso, pode vir conversar comigo. Vou achar legal... Pra mim, não faz a menor diferença se você é gay, hétero, marciano... Você é meu amigo e eu quero te ajudar.

– Obrigado, Luísa. Bem que eu queria gostar de você – riu ele. – Me dá um beijo?

– Dou! – ela se aproximou do rosto dele e, ao tentar beijá-lo, ele a interrompeu.

– Não, não é assim, é na boca.

– O quê? Ah, tá. Então toda essa história é pra me beijar. Sinto muito, mas não funcionou, eu...

– Calma, não precisa ser um beijo BEIJO. Pode ser um selinho, um beijinho. Sabe... Eu nunca beijei uma garota.

– Verdade?

– Sim.

– Bem, eu também não – riu ela.

– Vai, só um selinho, ninguém tá vendo.

Luísa não queria, estava envergonhada, e se alguém os visse, iria causar a maior confusão, ainda mais pelo fato de o pai dela ser o síndico. Mas Gabriel insistiu tanto que ela acabou cedendo. Rapidamente encostaram os lábios um no outro, o que causou um incômodo. Ela também, até então, jamais havia beijado um garoto antes.

– Pronto – disse ela. – Feliz?

– Sim – respondeu ele. – Fiz isso só pra te enganar. O Henrique está escondido ali, tirando fotos.

– O quê? – espantou-se ela, indignada. – Não acredito que você fez isso comigo...

Gabriel começou a rir.

– Brincadeira, calma!

– Isso não se faz. Eu ia acabar com você.

– Pelo jeito você não aprendeu nada – disse ele. – Olha, Luísa, o beijo foi muito fraquinho, não valeu.

– Então vai procurar alguém para treinar com você. Comigo, nunca mais!

– Tá bom – disse ele. – Só falta a vontade.

– E você quer beijar um menino?

– Não, de jeito nenhum – falou Gabriel. – Nem pensar.

– Mas se você gosta de garotos...

– Eu não disse que eu gosto de garotos, eu disse que OLHO para garotos.

– Tá bom... Então, se você gosta de fazer isso, faça e pronto. Agora, eu tenho que subir.

– Obrigado, viu, Luísa? Gostei de falar com você.

– Eu também, agora, me dá um beijo direito.

Trocaram um beijinho no rosto, se levantaram e cada um foi para o seu lado, sendo diferentes, nos gostos, nos desejos, na vida, mas tendo em comum um mundo a descobrir, cheio, lotado de dúvidas.

GABRIEL

Se arrependimento matasse, eu estaria morto.

Por que fui falar aquelas coisas para a Luísa? E se ela espalhar? Com que cara vou andar na escola?

Se alguém me provocar, não vai ter jeito... Vou acabar sendo expulso.

Mas eu precisava falar com alguém... A Luísa é a melhor pessoa no mundo para me compreender. Duvido que ela vai me trair.

Cansei de só ficar lendo sobre isso na internet. Tem sites que só fazem gozação, outros até tentam ser sérios, mas eles falam de umas coisas complicadas.

Não sei se gosto de tudo que eles escrevem, nem sei se sou daquele jeito. LGBT, LGBTT, tem tanta sigla...

Mas, já começo a compreender certas coisas e de uma delas estou totalmente certo: não tenho nada a ver com aquela minha velha turma. Até acho que, qualquer dia desses, o Henrique ainda vai se dar bem mal. Ele tem um monte de foto de mulher, de todos os ângulos possíveis e imagináveis. Ele aguarda a garota passar na rua, mira onde quer e fotografa. Depois, mostra pra todo mundo e fica rindo. Cara mais tosco.

Eu já ri tanto disso, mas era forçado. Não via a menor graça.

É assim que se precisa gostar de mulher? Se eu não mostrar para os meus amigos que sou macho, então sou gay?

Se for só por isso, sou gay mesmo.

Nem sei como eu tive coragem de dizer isso. Achei tão estranho quando perguntei isso para a Luísa.

Será que fiz uma besteira? Acho que vou ligar para ela e pedir de novo para não contar nada para ninguém.

Mas, também, se contar... O que de pior que poderia me acontecer?

Ser posto pra fora de casa! Sim, para onde eu iria, como iria viver? Nossa, eu já li sobre casos assim. Não dá para correr esse risco, eu não quero morar na rua.

E, também, por que é que eu vou contar lá em casa uma coisa dessas se nem eu tenho certeza?

De repente é uma fase. Tem gente que diz que é isso.

Mas, se for, está demorando para passar.

Por que é que eu não gosto de garotas como esta que está sentada aqui do meu lado? Tanto lugar para se sentar e ela veio ficar perto de mim. Será que foi com a minha cara?

Ela está lendo um livro, o que será? É uma garota bonita, está até cheirosa. Acho que minha mãe ia gostar de me ver com ela.

Taí, tô parecendo o Henrique de novo. Eu ia ficar com a garota para mostrar ela por aí, me exibir... Não é isso que eu quero.

Mas o que eu quero?

Olha só, subiu agora um cara! Caramba, ele é bonito, como é que eu não vou achar esse cara bonito? Nunca vi outro homem dizer "Esse cara é bonito", mas já vi outras garotas dizendo isso de algumas mulheres.

Por que não se pode dizer em voz alta "Eu gostei desse cara, ele é bonito"? Nossa, ele olhou pra cá... Será que foi pra mim ou pra garota? Será que eu posso ter essa dúvida? Se ele é um cara e olhou pra cá, só pode estar olhando para ela, certo? Gabriel, não inventa...

Mas eu vou olhar para ele, esperar, vamos ver...

Opa, ele olhou de novo. Desta vez nossos olhares se cruzaram. Quer saber? Vou observar, vamos ver se olha de novo.

Pronto, olhou. E é pra mim!

Nossa, e agora, o que eu faço? Ainda bem que subiu mais gente, assim, as pessoas não vão reparar que eu estou olhando na direção dele.

Ele olhou de novo pra mim. Vou virar o rosto, vai que ele fica bravo comigo...

Essa não, a garota vai se levantar, vai descer, pronto, o lugar está vago.

Ih, ele está vindo, está se aproximando. Se ele invocar comigo, eu digo que ele estava enganado, que eu não estava olhando pra ele não.

Sim, eu respondi que o lugar está vago. Ele se sentou do meu lado. Isso não está acontecendo, isso não está acontecendo. Eu estava tão calmo, com tanta dúvida, pensando na minha vida, na garota que estava ao meu lado e... Por falar nisso, por que eu estou tão incomodado com esse cara do meu lado? Ele só se sentou, exatamente como a menina, mas eu estava mais tranquilo.

Tem alguma coisa acontecendo por aqui comigo sim, tenho certeza de que tem alguma coisa acontecendo comigo...

E eu estou feliz. Uma parte de mim está em paz. Outras estão brigando, discutindo e, o pior, com medo, muito medo.

Só sei que gostei que ele se sentou ao meu lado. E ele não está lendo nada. Está com as mãos sobre as pernas, simplesmente olhando para fora, por cima de mim.

Por que isso está mexendo comigo?

Nossa, que estranho, parece que começou a ventar lá fora.

Mas, enfim, está para acabar. Meu ponto é o próximo. Assim que eu pedir licença e me levantar tudo isso terá terminado.

Sim, isso vai acontecer...

Vou me levantar, meu ponto está chegando.

Gabriel, decide, anda... Falta pouco tempo, o ônibus está se aproximando, cada vez mais... O sinal... O ponto...

É isso, somente isso, um gesto e eu acabo com essa aflição.

Mas espera aí, não é só aflição que estou sentindo. Também estou curtindo essa dúvida, a incerteza, a vontade de que eu começasse uma conversa com ele e, de repente, alguma coisa desse certo.

Amor à primeira vista. Será que isso existe? Para mim, para ele? Entre dois caras?

E agora, o que eu faço? Preciso dar o sinal, falta pouco tempo, é agora ou nunca!

17 TEMPO PARA DESCOBRIR

– E aí? – disse Otávio ao ver Luísa entrando no apartamento. – O que seu amigo queria?

– Nada – respondeu ela.

– Nada? – estranhou Otávio. – Você ficou esse tempo todo lá embaixo pra isso?

– A gente até pensou que fosse outra coisa – riu Valmir.

– Que eu espero, DE VERDADE, que não seja – resmungou Otávio.

– Já disse, não é nada do que vocês estão pensando. O que tem para comer hoje?

Luísa sabia que essa era a chave para se livrar, pelo menos temporariamente, de algum assunto embaraçoso. Otávio começava a falar sobre o prato, como o tinha preparado, onde tinha aprendido até chegar a hora do segredo. Todos eles tinham um segredo, mas o alegado mestre-cuca jamais o revelava. Algumas vezes a família até se divertia tentando descobrir que gosto esquisito era aquele. Quando Luísa era criança, ele inventava nomes estranhos e divertidos para que ela comesse de tudo; dizia que beterraba era coração de fadas e chuchu, dente de marciano cariado. De vez em quando ela sentia saudade dos pratos engraçados que ele fazia.

– E o que vocês fizeram hoje? – perguntou Luísa.

– Trabalhei, o normal – disse Otávio.

– Eu também... Tive um dia bem normal até que encontrei a dona Sofia no elevador – disse Valmir. – Mulherzinha desagradável. Eu a cumprimentei e ela nem respondeu.

– Também, depois do que aconteceu aqui – disse Otávio.

– Depois do que aconteceu aqui, ela deveria ter pedido desculpas. Onde já se viu? Tentar retirar alguém de uma festa, sem mais nem menos. Isso que ela fez foi muito grave... Fazia tempo que eu não era tão desrespeitado, e quase dentro da minha casa – reclamou Valmir.

– E acho que pode piorar – disse Luísa. – O Gabriel me contou que ela sempre arranja problemas por onde passa.

– Tomara que ela se canse daqui logo – resmungou Valmir.

– Deixa isso pra lá – completou Otávio. – Não vejo a hora de chegar o ano que vem, quando nossa princesa vai fazer 15 anos e ganhar uma superfesta num lugar bem bonito, todo mundo bem vestido...

– Não sei se vou querer isso tudo, não – disse ela. – Esse negócio de princesa, coroa... Posso trocar por uma roupa de bruxa? Acho que vai ser mais divertido. Todo mundo esperando uma princesa cor-de-rosa e eu entro de bruxa, vestida de roxo, preto e verde.

– De jeito nenhum! Vai ser o seu dia de princesa, pode ir se preparando – riu Valmir.

– Não sei não. Se eu tiver um minuto para trocar de roupa, vocês vão ter uma grande surpresa – riu Luísa.

– Tá. Tem tempo ainda para você mudar de ideia – disse Valmir.

Terminaram o jantar, Luísa ajudou a tirar a mesa e os pais foram arrumar a cozinha. Otávio fez uma pesquisa pelos armários e pela geladeira; faltavam vários produtos. Trataram de fazer a lista de compras do supermercado. Valmir não gostava de ir ao mercado aos sábados, achava lotado demais. Já Otávio adorava ficar olhando as novidades. Algumas vezes eles iam sozinhos para evitar aborrecimentos com as manias um do outro.

À noite era a hora de cuidar de todos os afazeres domésticos. As tarefas não eram muito bem divididas. Por acaso, as detestadas por um eram apreciadas pelo outro e, portanto, não havia problemas, exceto por um: ninguém gostava de passar roupa.

Luísa tinha suas próprias tarefas: arrumar o que bagunçasse, zelar pelo seu quarto e estudar. O estudo era fundamental e eles procuravam propiciar à sua filha tudo que não tiveram quando crianças.

Se ela não entrasse em nenhuma confusão, também estaria ótimo.

Demonstrações de afeto sempre eram comuns entre todos eles: beijos, abraços, risadas e, acima de tudo, compreensão. Não faltavam conversas naquela casa, inclusive se, por alguma razão, Luísa precisasse de um castigo.

E depois da conversa com Gabriel, Luísa ficou analisando sua família que, de tão normal, lhe parecia muito comum. Comparou-a com a de Nara e de outros amigos e os dias com altos e baixos eram bastante semelhantes.

Quando achou que precisava saber alguma coisa "de mulher", nunca hesitou em procurar Jaqueline, a grande amiga deles, que sempre lhe ajudou. Era como se fosse uma "mãe cabide". Ela mesma se apresentava daquele jeito, pois achava que Luísa era a filha que ela, um dia, sonhou ter. Jaqueline, assim como Gabriel, Nara e Luísa, também sonhava em encontrar uma pessoa com quem ter o que os pais já tinham: uma vida em comum, planos, família.

Depois, tudo em ordem, todos se sentaram para ver um pouco de televisão e Luísa, finalmente, disse:

– Sabe o que o Gabriel queria saber?

– O quê, filha? – perguntou Valmir.

– Como é que alguém faz para ser feliz?

– Pergunta bem difícil – respondeu Otávio.

Luísa riu e disse:

– Não foi bem isso que ele perguntou, mas tem a ver...

– Olha, filha – falou Valmir. – Se eu soubesse a resposta, eu te dava, mas não sei... Cada um tem o seu jeito.

Otávio ficou em silêncio durante um tempo e perguntou:

– Valmir tem razão... É assim mesmo, acho que não existe uma fórmula. A gente sempre vai ter momentos de alegria e outros de tristeza. Nem eles duram para sempre. Sei lá... E você, o que acha?

– Eu? – estranhou Luísa, que não gostava de ter uma pergunta respondida com outra pergunta. Sempre achava que tinha alguma "pegadinha" nisso. – Acho um pouco isso também, só que, na minha escola, parece que só tem gente com problema, ninguém nunca está contente...

– E você está? – perguntou Valmir.

– Mania que vocês têm de ficar me fazendo perguntas.

– Você que começou – riu Otávio. – Mas fique calma. Você e seu amigo têm muito tempo para descobrir, faz parte da aventura.

"Tempo para descobrir", pensou Luísa, "Bem que esse tempo todo poderia vir com uma boa dose de paciência".

Pelo jeito ela teria que, outra vez, se agarrar à sua fábula favorita. Não havia resposta pronta para um monte de perguntas; teria que ser Junco, Carvalho, ou os dois ao mesmo tempo. Lembrou-se das histórias de seus pais e percebeu como tinham desaparecido da vida deles amigos que pareciam eternos, entretanto permaneceram outros, inusitados. Mudaram de emprego, de cidade, de opinião. Nunca parava aquilo... O negócio era continuar, sempre.

Apenas de uma coisa Luísa estava certa: os ventos... Talvez ela própria viesse a se quebrar, curvar, mas com certeza, os ventos, esses sim, jamais cessariam de soprar.

MANUEL FILHO

Desde o primeiro momento em que comecei a escrever este livro tive como inspiração a fábula favorita de Luísa, que fala sobre superação, tolerância, respeito e diversos outros elementos essenciais para aprimorar nossa vida em sociedade. Tal como essa personagem, existem pessoas que lutam para encontrar seu lugar no mundo, algo que é justo, um direito de todos. No entanto, alguns conflitos podem fazer desse desejo tão simples uma guerra repleta de batalhas. Se cabe a mim desejar alguma coisa é que um vento forte afaste toda violência e todo ódio, e que uma brisa suave nos leve a desejar ao próximo apenas aquilo que desejamos para nós mesmos.

PAOLA SALIBY

Há três anos trabalhando para o mercado publicitário e editorial, esta é a primeira vez que tenho a oportunidade de ilustrar um livro juvenil. *Vento forte, de sul e norte* é uma mensagem de amor. Um livro que quebra as barreiras do preconceito e dá voz a temas muito importantes que precisam ser falados e compreendidos. Sinto orgulho em fazer parte deste projeto, que retrata com sutileza um assunto tão delicado e atual.

Este livro foi composto com a família tipográfica
Chaparral Pro, para a Editora do Brasil, em maio de 2015.